「……っやだ、も、や……、ぁあん……っ」
もう自分でも何を言っているのかわからない唇を、ふいに塞がれる。
「っ……」

男の結婚

鈴木あみ

Illustration
香林セージ

B-PRINCE文庫

※本作品の内容はすべてフィクションです。
実在の人物・団体・事件などには一切関係ありません。

CONTENTS

男の結婚 7
あとがき 256

男の結婚

電車を降りてからずっと、羽角水季《はすみみずき》は坂を登り続けていた。

まだ初夏とはいえ、今日は暑かった。着慣れない礼服を着ているのもよくない。だらだらと流れてくる汗を何度も手の甲で拭《ぬぐ》いながら、水季はネクタイを緩《ゆる》めた。

駅から「街」まで徒歩で三十分。そう聞いていたとはいえ、まさかずっと上り坂だとは思わなかった。セレブは車で移動するから、電車の利便性は気にしないとは聞いたことがあるけれども。

日頃の運動不足も祟《たた》り、ようやく赤い薔薇《ばら》の絡むアイアンの瀟洒《しょうしゃ》なゲートまでたどりついた頃には、顔を上げて歩くのも辛《つら》いほどになっていた。柱に手をつき、荒く息を吐く。

「ここか……エンゲイジヒルズ・ニュータウン……」

わざわざ「engage」ではなく「engayge」と表記してあることに、意味はあるのだろうか。そんなことを思いながら門の向こうを見渡し、水季は思わず声を漏《も》らした。

「うわあ……」

坂を登り切ったところから、いきなり視界が開けていた。

ゆるくうねる広い道がどこまでも続き、その両側に広がる緑の木々と遊歩道《ゆうほどう》、奥にはゆったりと点在《てんざい》する邸宅。そして一際目立つのは、丘の天辺《てっぺん》にシンボリックに聳《そび》え建つ、二本の尖塔を持った白亜の教会だった。

疲れているせいか、まるでヴァルハラに見える。

不本意ながら、美しい街だと認めないわけにはいかなかった。

「……ここがゲイのための街か……」

遠く見渡して、水季は呟《つぶや》いた。

彼自身は、ゲイというわけではない。

なのに何故、この街を訪れることになったのかといえば、胸に小さな企《たくら》みがあったからだ。

彼は携帯電話を取り出し、時間を確認した。

「……ぎりぎり間にあったな」

再びそれを胸ポケットに戻そうとする。

けれどもその手が、汗ですべった。携帯がアスファルトに落ちて、くるくると回りながら転《ころ》がっていく。

「あっ……！」

（やばい）

それを拾おうと、水季は反射的に道路に飛び出した。

耳に急ブレーキの音が響いたのは、そのときだった。はっと顔を上げれば、濃紺《のうこん》に輝くスポーツタイプの大きな車体が、視界をいっぱいにする。

（失敗した……！）

だめだ、ぶつかる。

ぎゅっと目を閉じた次の瞬間には、水季は道路に倒れ込んでいた。

車から誰かが降りてくる気配がする。足音が近づいてくる。

「きみ、大丈夫……!?」

焦《あせ》った声に薄く瞼《まぶた》を開けば、駆け寄ってきた茶髪の男が目の前でサングラスを外した。

薄《うす》い色の瞳《ひとみ》があらわになる。その甘く整《ととの》ったノーブルな顔立ちは、どこかで見覚えがあった。

(でも、誰だっけ……)

身体がふわりと浮き上がる。

それを感じながら、水季は意識を手放していた。

1

「ちょっと話したいことがあるんだけど、今時間ある？」

弟がふいにそう言い出したのは、少し前のある日のことだった。

水季は、都内の古ぼけたアパートに、弟の涼真《りょうま》と二人で暮らしていた。高校時代に両親を事故で亡くしてから、五つ下の弟を水季が育ててきたと言ってもいい。いわば親代わりだが、涼真がこうして改まって話をしたがるのはめずらしいことだった。

そういえば食事のあいだじゅう、話しかけてもどこか上《うわ》の空《そら》で、黙り込みがちだったような気がする。あれも何か大事な相談ごとを抱えていたからだったのだろうか。

そう――前回はたしか、大学進学を諦《あきら》めようとしたときだった。思いとどまらせるのがどんなに大変だったか。大学を諦めるのは、自分だけでいい。涼真は頭もいいし、そのために頑張って貯金だってしてあったんだから。

夕食を終え、自分の食器を手に立ち上がりかけていた水季は、再び椅子に腰を下ろした。

「なんだよ？」

すっかり自分より大きく育ってしまった弟を見上げる。涼真は、ようやく社会人になって一年を過ぎたところだった。

「うん……」

どこか照れたように口ごもる彼を促《うなが》せば、意を決したように話しはじめた。

「俺、結婚しようと思うんだ」

「……は？　結婚……っ？」

水季は耳を疑《うたが》った。

（けっこん？）

というとあれだ。男と女とが永遠の愛を誓《ちか》いあって新しい家庭をつくるという……と、思わず頭で確認してしまうほど、寝耳《ねみみ》に水《みず》の話だった。

「……っていうか、おまえつきあってる人いたのか……」

「まあね」

あっさりと涼真は答える。水季はそれさえ知らなかった。そういえばここ数ヶ月、仕事が忙しくてろくに話もしていなかったのだ。

「だからって、いくらなんでも結婚まで考えるのは早すぎるんじゃないのか？　おまえ、まだ二十三になったばっかかだろ？」

去年就職したばかりだ。貯金だってほとんどあるとは思えない。恋人ができたからといって、即結婚に結びつけるにはあまりにも……、そう考えて、ふと閃《ひらめ》く。

「……もしかして、妊娠《にんしん》させたとか」

「はあ？」

涼真は声をあげた。

「まさか……！　ありえないよ……！」

「じゃあどうしてだよ？　早すぎるだろ、どう考えても！」

「愛に年齢なんて関係ないね」

「愛にはなくても、生活にはあるんだよ！　おまえ、相手のこと食わしていけんのかよっ？」

「食わせるって……、いつの時代の話だよ」

涼真は吐息《といき》をついた。

「向こうも働いてるし、俺が一方的に食わせる必要なんてないと思うけど。それに貯金はまだ少ないけど給料はそれなりにもらってるし、相手に負担をかけることもないと思う。せっかく一生をかけて愛せる人を見つけたのに、若いからって理由で諦める必要なんてないだろ」

「涼真……」

水季は思わず呆然《ぼうぜん》と呟いた。

「おまえ、そこまで……」

相手に惚《ほ》れ込んでいるのか。

涼真の言うことにも、一理ないわけではなかった。

社会人になったばかりとはいえ、一流の広告代理店に就職しているのだ。相手も働いているのなら、経済的にはさほど問題はないのかもしれなかった。

若いとはいえ涼真ももう大人なのだし、闇雲《やみくも》に反対するのは間違っているのかもしれない。

「……相手はどんな女性なんだ」

「素敵な人だよ。やさしくて控えめだけど芯《しん》が強くて、とても綺麗なんだ。見た目もだけど、中身もね」

そう語る涼真の言葉には、心から相手を愛していることがにじんでいる気がする。

やさしい、控えめ……聞いた限りでは、悪い女ではなさそうだ。この若さで結婚まで考えるほど涼真が真剣なら、相手の人柄さえよければ、むしろ祝福してやるべきなのではないか。人生最良の相手と、若くして出会えた可能性だってあるのだ。

こんなに早く涼真が独《ひと》り立ちしてしまうのは寂しいけれど、弟がしあわせになるのなら。

「一度……」

彼女に会わせてくれ、と水季は言いかける。

けれど涼真のほうが、少しだけ早かった。

「女性じゃないけどね」

「？　どういう意味だ？」

「女性じゃなければ、男しかないだろ」

「え……お……男……って、おまえ、……っホモだったのか……!?」

一瞬、頭が真っ白になり、水季は思わず叫んでいた。けれどもはっと我に返り、乾《かわ》いた笑いを漏らす。

「何バカなこと言ってんだよ。男同士で結婚できるわけないだろ」

つい真《ま》に受けてしまった。こんなことだから、冗談がわからないなどと言われるのだ。気をつけないと。

だが、涼真は、

「できるよ……！　兄さん、テレビ見てないの？　あんなにＣＭ流してたのに！」

「は？　テレビ？」

水季は鸚鵡《おうむ》返しにする。

たしかに見ていなかった。このところ残業続きで、ほとんど休みもなかったのだ。涼真とちゃんと顔を合わせるのだって、ひさしぶりと言ってもよかった。

涼真もそのことに気づいたらしい。

「そういえばそうだったね」

と、彼は言った。一度自分の部屋へ戻り、立派なつくりのパンフレットを手に戻ってくる。

そしてそれを水季に差し出した。

眉《まゆ》を寄せながら、水季は受け取り、ぱらぱらと捲《めく》ってみる。

「エンゲイジヒルズ・ニュータウン……？　なんだこれ」

「郊外《こうがい》にできた新しい街だよ。ゲイのための教会もあって、男同士で結婚式を挙《あ》げることもできるんだ」

「……『ゲイであるからといって、ふつうの家庭のしあわせを諦めていませんか？　エンゲイジヒルズ・ニュータウンは、ゲイがしあわせになれる街です』……？」

最初のほうに書いてあるキャッチフレーズを読み上げるうちに、なんとなくうっすらと思い出してくる。

「今の知事に代わってから、不況《ふきょう》でも付加価値のあるものなら売れるってずいぶん熱心に誘致《ゆうち》したらしいよ。自分の愛人囲うためじゃないかとか、いろいろスキャンダルにもなってたけど」

そういえば新聞にも載っていたし、自分には関係のないことだと聞き流していたけれど、この街のCMが流れていたのは、何も最近だけのことではなかった。それに特集が組まれたり、タレントや著名人などがテレビで話題にしたりもしていたのだ。

新宿《しんじゅく》から車で二十分。緑豊かなすばらしい立地に、有名な一流建築家の設計による壮麗《そうれい》な邸宅《ていたく》ばかりの街。だがここに入れるのは選ばれた者のみ。居住条件は、すなわち男性同性愛者であること――

「ここの教会で式を挙げて、結婚したら、この街に住むつもりなんだ」

「――ざけんなッ‼」

水季はパンフレットを叩きつけた。

「そんなこと、ゆるさないからな……！」

「なんでだよっ⁉」

「こんなとこに住んでるなんて知れてみろ、後ろ指をさされるに決まってるだろうが‼」

「さされないよ……！　芸能人だっていっぱい住んでるような街なんだから」

「芸能人は芸能人、一般人とは違うんだよ！　ゲイだなんて会社にばれたら、どうなると思ってるんだ⁉」

「さあね。そんなことで首にはならないと思うけど」

「首にはならなくても、きっと出世には差し支える。左遷《させん》されるかもしれない」

「それならそれで、しかたないね。左遷されても、誰に後ろ指をさされても、気にしない覚悟はできてるよ。だいたいゲイだっていうだけで、差別するほうが悪いんだから」

「涼真……‼」

親代わりとして、水季はどうしても涼真にはしあわせになってもらいたかった。

水季自身はもともと人当たりが悪く、あまり他人に好かれるたちではない。生活していくのに必死だったせいもあるが、目つきも悪くもっさりとした容姿で、恋人がいたこともないし、自分の人並みなしあわせは諦めているところがあった。

でも、涼真は違う。明るくて頭もよくて、顔立ちも整っているし、背も高くて運動神経もいい。性格も素直だし、身内の欲目というだけではなくて、昔から女の子にもとても人気があった。一流企業にも就職したし、しあわせになる条件はそろっているのだ。

涼真にだけは、やさしい妻と可愛い子供のいる温かい家庭を手に入れて欲しかった。それは水季と涼真が、両親の死とともに失った大切な宝ものだ。

「おまえ、ホモってわけじゃなかっただろ。女の子とつきあってたときだって、あったじゃないか」

「そうだね。正直、ゲイかどうかは自分でもよくわからないよ。俺は彼のことが好きなだけなんだ」

「考え直せ……！　そうすればまたきっと女の子を好きになる」

「はあ⁉　結婚したいくらい好きな人がいるのに、なんで次のことを考えなきゃならないんだよ⁉」

激昂《げきこう》し、次第に言い争いは怒鳴《どな》りあいへと拡大していく。

「男と結婚して、しあわせになれるとでも思ってるのか⁉」

「なれるよ！　俺は冬和《とわ》を愛してる！　二人で一生かけてしあわせになるんだ……！」

二人は互いに一歩も譲《ゆず》らず、睨《にら》みあった。

「俺は絶対認めないからな……！」

「……まったく、兄さんはどうしてそんなに高圧的なんだか……！」

涼真は深い吐息をついた。

「俺のためって言いながら、自分のかちかちの考えを押しつけてくる。本当に、いつもいつも……！」

テーブルに、ばんと両手をついて立ち上がる。

「もう認めてくれなくてけっこうだよ……！　俺は勝手に冬和としあわせになるから!!」

そのまま自分の部屋へ飛び込む。追いかけた水季の鼻先で大きな音を立てて扉が閉ざされた。

「ちょっ……、涼真……！」

水季は外から何度もノックをし、呼びかけた。

「開けろよ、まだ話は終わってないだろ……！　涼真!!」

だが、返事はない。

やがて再び涼真が出てきたときには、手にボストンバッグを持っていた。高校の修学旅行のときに、水季が買ってやったものだ。

「涼真……!?」

水季は涼真の腕を摑《つか》んだ。けれども涼真の足を止めさせることはできない。

「待てよ……！　どこ行くつもりなんだよっ」

「出ていくんだよ」

その言葉に、水季は殴《なぐ》られたような衝撃を覚《おぼ》えた。

「ゆ……許さないぞ、そんなこと……っ」

「だったら冬和とのこと、認めてくれよ」

涼真に出ていって欲しくない。けれど涼真がゲイになることを認めるわけには絶対いかなかった。

「……っ、冗談じゃない……！」

「ああ、そう」

狭いアパートの中、玄関まではあっという間だった。

靴《くつ》を履《は》いてしまってから、ようやく涼真は振り向いた。揺《ゆ》るぎない強い瞳で、水季をじっと見下ろす。三和土《たたき》に降りてさえ、視線は水季より高い。

「じゃあね、兄さん」

「涼真……!!」

玄関のドアが閉ざされた。

外階段を駆け下りていく涼真の靴音を聞きながら、水季は呆然とその場に立ち尽くした。

点《つ》け放したままになっていたテレビから、耳障《みみざわ》りなＣＭソングが流れてくる。「ゲイのためのしあわせの街、エンゲイジヒルズ・ニュータウン」――あの街のＣＭだった。

水季は衝動的《しょうどうてき》に電源を切った。食卓の椅子に沈み込み、深いため息をつく。

「……認められるわけないだろ……。おまえのしあわせを願うからこそ言ってるのに、なんでわからないんだ……」

そして頭を抱え、ダイニングテーブルに突っ伏した。


それから水季は、何度か涼真の携帯に電話してみた。

けれど結婚を認めないと言うと、すぐに切られてしまう。

そんな日々がしばらく過ぎたある日、水季のもとへ、涼真から一通の手紙が届いた。

(涼真……！)

郵便受けにそれを見つけて、慌《あわ》てて部屋へと駆け上がり、封を切る。けれどもそれは手紙ではなかった。二つに折りたたまれた、分厚い紙だった。

広げてみれば、エンゲイジヒルズ・ニュータウンの教会で、六月に式を挙げると書いてある。

結婚式の招待状だった。

水季は大きな衝撃を受けずにはいられなかった。

2

（涼真……涼真）

何度も名前を呼んだけれども、涼真は振り向かなかった。その背中に、水季は必死で手を伸ばす。もう少しで涼真に届く――

その瞬間、目が覚めた。

（……？　ここは……？）

ほどよく効《き》いたエアコンが、火照《ほて》った肌を冷ましていく。

ひどく高い天井には、羽付きのファンがゆっくりと回っていた。広い室内に、白い漆喰《しっくい》の壁《かべ》。CDや本、小物などがあふれてはいるが雑然としてはおらず、片づいているというよりも、飾られているかのように洒落《しゃれ》た雰囲気《ふんいき》で調和している。

水季が寝かされているのは、どこかのリビングのソファであるらしい。とはいっても、自分の部屋のシングルベッドより、よほど大きくてゆったりしていた。

見知らぬ部屋でありながら、ほどよい生活感と寝心地のよさから、妙な安心感を覚える。

水季のいる八畳ほどの一角は、フロアの他の場所からは、階段三段分ほど低くなっているようだった。それがまるで守られているかのような落ち着きや、天井を高く感じる開放感に繋《つな》がっているらしい。床が低いぶん、すぐ窓の外に広がる庭がまるで浮いたように見え、空中庭園を思わせる、ちょっと面白い風景になっていた。

まだ少しぼんやりとしたままで、水季は周囲を見回す。

大きくくりぬかれたアール壁の向こうの部屋から、トレイを持った男が姿を見せたのは、そのときだった。

彼が現れた途端《とたん》、ぱっとあたりが華やかになったような気がした。

（……この顔……）

知らない男だが、見覚えはあった。

（そうだ……たしか……）

水季はじわじわと気を失う前のことを思い出す。エンゲイジヒルズ・ニュータウンのゲートの前で、携帯を落として道に飛び出したこと。そして車にはねられたこと。

——きみ、大丈夫……!?

その車から降りてきて、サングラスを外した下から現れたのが、この顔だった。

先刻《さっき》は下ろしていたやや長い髪をゆるくうしろで束ね、服もラフなものに着替えているようだが、やけにきらきらした感じは変わらない。弧《こ》を描いた眉に、やや垂《た》れた目、鼻筋《はなすじ》の通った、甘い顔立ちの男だった。

(でもこの顔……その前にも、どっかで見たような)

数少ない知人を脳内で検索《けんさく》するが、思い当たらない。

「ああ、目ぇ覚めたんだ？　よかった」

彼は短い階段を降り、スツールを引き寄せると、水季の傍《そば》に腰かけた。そして頬《ほお》に手を伸ばしてくる。

「熱は引いたかな……？」

冷んやりとした感触が心地よくて、つい目を閉じると、彼は軽く噴き出した。

「警戒心《けいかいしん》ねーなぁ」

「え……？」

意味がわからず、水季は首を傾《かし》げる。

「いいや、別になんでも。気分はどう？　痛いところはない？」

「ああ……」

「それはよかった。先生は頭は打ってないって言ってたけど、なかなか起きないからちょっと心配してたんだ」

(先生……？)

というのは、医者のことだろうか。彼の説明によれば、あのあとこの男は水季を、自分の車で「街」の中にある病院へ連れていったらしい。

「救急車を呼ぶより、俺が病院まで運ぶのが一番早そうだったから」

「ここは……?」

「俺の家だよ」

どう見ても病院には見えないから聞いてみたのだが、状況からして聞くまでもなかったかもしれない。

少し頭が重い気がして、左手で額《ひたい》を押さえると、男は冷たいおしぼりを差し出してきた。

「事故とは別に、ちょっと熱中症気味だってさ。倒れたのはそっちのせいだろうって」

「ああ……」

あの陽ざしの中を三十分も登ってきたのだ。熱中症になっていても不思議はなかった。

続けて背中にクッションを入れられ、手渡されたアイスレモネードを、水季は一気に飲み干した。乾いた喉《のど》に染《し》みる美味《うま》さだった。

「病院、ほんとは定休日だったのを無理矢理開けてもらったから、たいした怪我《けが》はないってわかって、こっちに連れてきたんだ」

なるほど、今日は日曜日だから。

そう納得しかけ、ふいに正気に返る。水季は思わず飛び起きた。

「今何時だ!?」

「?　四時半くらいだけど」

掛時計を見上げて、男は答える。それを聞いて愕然《がくぜん》とした。

「どうかしたのか?」

男は脳天気に聞いてくる。

「どうかしたのかじゃねーよっ、どうしてくれるんだよ……!　式、終わっちまってるじゃないか……!」

「式って?」

「結婚式だったんだよ、弟の……っ、それなのに……!」

招待状に書かれていた時間は午前十一時だ。とっくに何もかも済んでしまったに決まっている。

「あー……」

彼は顔を曇《くも》らせた。

「そっか……出席する予定だったんだ?」

「……違う」

呟きは思いのほか低い響きを持った。

「え?」

「……邪魔《じゃま》したかったんだ」

「ええ……!?」

男は声をあげた。

「なんで!?」

「当たり前だろ……!!　たった一人の弟が男と結婚するなんて、ゆるせるわけがないだろう。なのにあいつ、俺がいくら言ってもきかないで……！」

説得は何度試《こころ》みても受け入れてもらえず、最後にはまともに携帯にも出てもらえなくなっていた。今どこで暮らしているのかさえわからない。

「もう式の当日に乗り込んで、ぶち壊《こわ》すしかないと思ったんだ。それなのに……！」

この男のせいで、チャンスを逃してしまった。最悪だ。

水季の怨嗟《えんさ》の声に、男は深々とため息をついた。

「式をぶち壊すって、おまえねえ……」

呆《あき》れきった声だった。事故の加害者としては当然だったのかもしれないが、彼の纏《まと》っていたそれなりに友好的な空気が、急に疎々《うとうと》しいものに変わった気がした。

「弟は成人してるんだろ。……っていうか、してんの？」

言いかけて、じろじろと水季を見つめてくる。なんとなく、服の下まで透かされているような視線に、水季はばつが悪くなり、つい目を逸《そ》らした。

「してるけど、まだ二十三になったばっかだ」

「二十三？」

彼はひどく驚いたようだった。

「おまえがそれくらいかと思ってた。弟ってことは、年下なんだよな？」

「当たり前だっ」

「おまえ、いくつ」

「二十七」

彼は軽く口笛を吹いた。

「俺と二つしか違わないのかよ。大学生くらいかと思ってた」

「なっ――」

いきなりため口をきかれているのは、相当若く見積もられていたためでもあったのだろうか。それにしても、顔はいいが失礼な男だと思う。水季は、初対面から馴《な》れ馴れしく接してくるようなタイプの人間が苦手だった。

だが睨んでも意に介したようすもなく、彼は続けた。

「……ま、二十三にしても立派な大人だろ。邪魔する権利なんか誰にもないんじゃないの。どんなに気に入らない相手でもさ。ましてや、式の最中に飛び込んでぶち壊そうなんて――」

「うるさいなっ！　おまえに何がわかるって言うんだよっ‼」

ただ相手が気に入るか入らないかというだけの話ではないのだ。涼真が結婚しようとしていたのが、せめて女性であったなら。

（……ん？）

そこまで考えて、水季ははっと気づいた。

（もしかして……）

傍に座る男の顔をまじまじと見つめてしまう。長身に甘く整った顔立ちは、いかにも女性受けがよさそうに思えるけれども。

「何？」

「……この街に住んでるってことは、もしかして、おまえもゲイなのか？」

「まあね」

さらりと彼は答える。それを聞いた途端、水季の頭は沸騰《ふっとう》した。

「畜生……っ、おまえみたいなのがいるから弟が……っ」

「は？　何言ってんだよ？」

彼はわけがわからないという顔をする。

「……涼真は、もともとゲイってわけじゃなかったんだ……っ」

これまでは、ゲイに対して特別な関心もないが、偏見《へんけん》もないつもりだった。だが今や水季にとって、ゲイは涼真を誑《たぶら》かす敵だった。

「ゲイならゲイらしく、おまえらの中でだけやってろって言ってんだよっ。こっちにまで手を出すな……！」

「……まるでゲイが悪いような言いかただな」

男の瞳が、すっと細められる。

「そのとおりだろ。弟は誑かされたんだよっ、……あいつのしあわせだけが俺の夢だったのに……！」

「――気持ち悪」

頭を抱える水季の上に、男の容赦《ようしゃ》のない言葉が降ってきた。

「いい歳して弟のしあわせが夢なんて、ありえないだろ。過保護すぎて気持ち悪いっての」

「なんだと……!?」

水季は思わず彼に摑みかかろうとした。その途端、右手首に激痛が走る。水季は呻《うめ》き声をあげてベッドに倒れ込んだ。

「……右手首、捻挫《ねんざ》だってさ」

「はあ!? ……っ」

水季はまた呻いた。痛みに涙が滲《にじ》みそうになる。

見れば、右手首のあたりは包帯に覆《おお》われ、湿布《しっぷ》の独特な冷感がある。今までは肌掛けの下に埋もれていて、意識に上らなかったのだ。

「痛そうだねえ」

とびきりの笑顔で、男は覗《のぞ》き込んでくる。

「大丈夫?」

「……ッ、誰のせいだと思ってるんだよ……っ、だいたいおまえが俺をはねたりしなきゃ、今頃は……っ」

式に乱入し、涼真を思いとどまらせて、家に連れて帰っていたはずだったのに。

「ま、そりゃ悪かったけど」

と、彼は言った。

「でもはねたってのは人聞きが悪いんじゃねーの。急に飛び出してきたのはそっちだし、捻挫だって車がぶつかったからじゃなくて、避けようとして転んだせいなんだからな。責任の一端は俺にもあるけど、俺だけのせいってわけじゃないから」

「一端!? はねておいてよくもそんなこと……っ!」

水季は反射的にまた掴みかかろうとし、再び痛みに呻くことになった。

「だからはねてないって。当たった衝撃も感じなかったし」

彼の言うことにも、一理ないわけではなかった。自分が携帯を落とし、道に飛び出したことを、水季自身も覚えていたからだ。

けれどたとえ当たっていなかったとしても、彼の車が来なければ、捻挫することも倒れることもなかったのだ。やはり腹の虫が承知しない。殴りたいのは山々なのに、手が痛くて殴れないのが、苛立《いらだ》ちにさらに拍車をかけた。

（くそ……治ったら絶対殴ってやる……！）

今はそれどころではない。重要なのは、涼真のことだった。

挙式《きょしき》を邪魔するのに失敗したとはいえ、そんなことで諦めるわけにはいかない。

涼真は、式が終わったら、この街に住むと言っていた。まずは彼の新居を突き止めて……それからどうしよう？

「……もしもし？」

気がつけば、黙り込む水季の前で、男がひらひらと手を振っていた。水季は顔を上げた。

「……おまえ、弟の家に心当たりはないか」

住人なら、何か手がかりを持っているかもしれない。

「結婚したら、この街に住むって言ってたんだ。もう引っ越してきてるかもしれない」

「……って、そんな漠然《ばくぜん》と言われてもね。できたばっかの街だし、移ってくる人は多いからな。斜向《はすむ》かいの家もちょうど昨日引っ越してきたところで……」

「斜向かい？」

「ああ」

彼は何気なく、窓の外へと視線を向ける。水季はその窓へ駆け寄った。

「ああ……！」

そして通りの向こうを見渡して、思わず声をあげていた。

斜向かいに建つ家の門の前に、純白のスーツを着た涼真の姿を見つけたからだった。

涼真はひとりではなかった。式のあと、そのまま家に帰ってきたのだろうか。そろいの白いスーツを纏《まと》った小柄な少年――青年だろうか？　を腕に抱いていた。俗に言う「お姫様抱っこ」というやつだ。

男が、男を、姫抱きにする――水季にとってはカルチャーショックと言ってもいい。言葉もなく、ただ彼らを見つめて立ち尽くすばかりだ。

「へえ……あれが弟なの？　どっち？」

いつのまにか、男がすぐ後ろに来ていた。水季を囲い込むように窓辺に両手を突き、一緒に二人を眺《なが》める。

「抱かれてるほう？」

水季は呆然としたまま、首を横に振った。

「抱いてるほうか。似てないな」

「……っ」

その言葉に、水季は一瞬詰まる。

「悪かったな……っ」

「でもなかなかいい男じゃん」

軽口を叩く男を、水季は思いきり睨みつけた。

「手を出したら殺すからな」

「怖ーい」

少しも怖がっていない口調で、男は言った。睨んでも、にやにやと笑うばかりで始末に負えない。

「手なんか出さねえって。どっちかっていうと、抱かれてる子のほうはけっこう好みだけど」

「……。ホモが節操《せっそう》がないってほんとだったんだな」

「失礼な。少なくとも、俺は好みうるさいよ。見た目も中身も可愛い子じゃないと嫌だね」

水季は馬鹿馬鹿しくなって、彼の科白《せりふ》を聞き流す。

涼真は、相手を腕に抱いたまま、家の中へと入っていった。

二人が消えたドアを、水季はじっと見つめる。

「……決めた」

そして、男を振り向いた。

「しばらく、ここにいさせろよ」

「ここ、って、――この家にってことかよ!?」

「決まってるだろ」

「なんで……！」

「二人を引き裂《さ》くにはどうしたらいいか、ここから観察して作戦を練るんだよ。打ってつけの位置に家があるんだ。使わない手はないだろ」

「はあ⁉」

男は声をあげた。

「おまえ、まだ邪魔する気でいるのかよ⁉　放っといてやれよ。っていうか、なんで俺が家を提供しなきゃなんねーんだよっ⁉」

「ずっととは言わない。片づくまででいい」

「片づくまでっていつだよ……！　おまえだって仕事とかあるだろ。ここから通うつもりか⁉」

「仕事は有休取るから。入社してから今まで、一度も取得《しゅとく》したことないんだからな。時期的にも忙しくないし、許されるだろ」

十八で就職してから約十年、休みも取らずに必死に働いてきたのだ。それは全部涼真を育てるためだった。涼真がしあわせにならないなら、水季にとって仕事に意味はない。今使わなくて、いつ使うというのか。

「おまえ、そこまでして……」

「人をはねておいて、嫌だとは言わせないからな」

「だからはねて――」

先刻の言葉を繰り返そうとする男を睨《ね》めつける。どんなに他人から呆れられても、引きさがるわけにはいかないのだ。

彼は吐息をついた。

「――ったく、可愛い顔して、ほんっと性格悪いのなー……」

いつか馬に蹴《け》られて死ぬんじゃね？　と聞き捨てならない科白を続けて吐いてくる。

けれど水季が耳を留めたのは、そこではなかった。

「え……？」

（……可愛い？）

性格が悪いという誹《そし》りになら慣れている。けれども他人から可愛い、などと言われたことは、今まで一度もなかったのだ。――決して彼が褒《ほ》めた文脈で使ったわけではないことくらい、わかるけれども。

「……何？」

「べ、別になんでも……っ」

怪訝《けげん》そうに問いかけてくる彼から目を逸らす。なんだかひどくばつが悪かった。

「――とにかく、そっちにとっても悪い話じゃないだろ。これで事故の件はチャラにしてやるよ。警察やら保険会社やら呼んで示談《じだん》にするよか、お互い楽だろう？」

「いくら楽でもごめんだっての！」

彼は承知しなかった。

「他人と一緒に暮らすなんて冗談じゃねーよ。ましてやおまえみたいのと……！」

「じゃあ裁判《さいばん》だな。おまえを訴《うった》えてやる」

「はあっ⁉　そんなの、勝てるとでも思ってんのかよ……⁉」

「負けたってかまうもんか。だけどおまえだって、社会的地位とかあるんだろ。変な騒ぎになったらやばいんじゃねーのかよ？」

「な……」

男は絶句《ぜっく》した。困っているというよりは、呆れているという表情だった。

水季はその顔をじっと見つめる。高圧的に出ていながら、鼓動《こどう》はひどく激しくなっていた。

（断られたら、どうしよう）

法律には詳しくないが、そもそも敢《あ》えて訴訟《そしょう》を起こすほどの事故ではないと思うのだ。それに実際そうなった場合、裁判費用が水季にちゃんと払えるのかどうか、怪《あや》しかった。

けれどもこれは涼真に繋がる唯一の糸なのだ。

（承知してくれ）

祈るような気持ちで、水季は彼の答えを待った。

「弟なんかのために、なんでそんなに一生懸命になるかねえ……」

やがて男は深いため息をついた。

「——いいぜ。いれば？」

「えっ」

水季は耳を疑った。

「……い、いいのかよ……っ」

「脅《おど》しておいて何言ってんだか」

男は失笑《しっしょう》する。

「そのかわり、事故の件はこれで水に流すこと。俺のプライバシーには干渉《かんしょう》しないこと。うちに住む期限は、弟の件が片づいても片づかなくても、次の週末までとする。どうせそのあたりで仕事休むのも限界だろ」

たしかにそのとおりだった。いざとなれば、涼真のためなら首になることも厭《いと》わないが、有給休暇の範囲内ですべてが片づくに越したことはない。

「それから家の中で、または俺について見聞きしたことは、口外しないこと」

そんなこと、誰に言うって言うんだ。——そう思いながら、水季は頷《うなず》いた。

「わかった」

とりあえず基地を確保できたことに、ほっと胸をなで下ろす。

「そういや、まだ名前も聞いてなかったんだっけ？」

男に言われてようやく、名乗りあってさえいなかったことに水季も気づいた。

「あ……自己紹介が遅くなったけど」

周囲を見回し、ソファの背にかけてあった自分の上着を手にする。

「羽角水季だ」

内ポケットを探し、名刺を取り出して渡した。

「安曇《あづみ》技術開発……？　何の会社？」

「主に半導体《はんどうたい》関係だ」

「へえ。難《むずか》しいことやってんじゃん」

「……それほどでもない」

半導体の設計なども手がけてはいるが、小さな会社だし、感心されると少し面《おも》はゆい。

「じゃ、とりあえずよろしく？　水季ちゃん。俺のことは頼人《らいと》って呼んで」

（はあ？）

馴れ馴れしさに、水季は軽く眩暈《めまい》を覚える。

それと同時に、ふと何かが引っかかった。

（頼人……？　頼人、ってどっかで……、……え？）

男の顔を見上げる。顔と名前が結びついたのは、その瞬間だった。

「み……御代田《みしろだ》頼人……っ!?」

思わず水季は指をさしてしまった。

芸能人だ。見覚えがあるはずだ。知人じゃなくて、一方的に顔を知っていたのだ。

「今ごろ気づいたのかよ」

彼、頼人は呆れ顔で肩を竦《すく》めた。

(嘘《うそ》だろ……)

御代田頼人——もともとはアメリカ留学中にスカウトされ、ハリウッド映画デビューしたとか、聞いたことがあったような気がする。その後帰国して、逆輸入で日本の映画やドラマに次々と主演するようになった。女優との浮き名も多い、超有名俳優だ。

「まあ全然わかってないみたいだとは思ってたけどな」

「って言うか……！　まさか本物の芸能人が目の前にいるなんて思わないだろ……！」

世間に疎いのを笑われた気がして、水季は声を荒げた。

もともと水季はニュース以外のテレビをほとんど見ないし、芸能人にはまったく関心がなかったのだ。

逆に言えば、御代田頼人は、そういう人間でも名乗られれば顔と名前が一致するし、略歴まで思い出せるほどの有名人だということでもあった。

水季は呆然と彼を見つめる。

(御代田頼人がゲイだったなんて)

「……だって、おまえよく週刊誌とかで、女優と噂になったりしてたんじゃねーの……？」

「ああいうのは、だいたい捏造《ねつぞう》だろ」

頼人はあっさりと答える。

それにしても、そんな有名人がなんでこんなところに。……いや、そういえば、たしかこの街には芸能人もたくさん住んでいるとか、涼真も言っていたんだったっけか……。

「……ほんとにいいのかよ」

気がつくと、水季はそう口にしていた。

「何が？」

「……俺なんか家に置いても」

自分で言い出したこととはいえ、御代田頼人の家に居候《いそうろう》することになるなんて、当たり前だが夢にも思わなかったのだ。戸惑《とまど》わないわけにはいかなかった。

そもそも頼人もよく了承したものだと思う。事故の責任をそれなりに感じているにしても、それにいくら水季が脅し紛いのことを言ったとはいえ、……それほどスキャンダルが怖かったのだろうか？　素人《しろうと》考えでは、彼ほどの有名人なら、その気になれば事務所の力で事件を揉《も》み消すことだってできそうな気がするけれども。

「ま、たった一週間程度のことだし、面倒なことになるよりましだろ。でも出ていってくれんなら、こっちは大歓迎だけど？」

頼人は顎《あご》でドアをさす。

水季は慌ててぶんぶんと首を振った。

「じょ、冗談……っ！」

ここを追い出されるわけにはいかないのだ。涼真の件を解決するまでは、絶対に。

「おまえが芸能人だろうと関係ない。もう契約は成立したんだからな……！」

水季は宣言した。


「こっちが台所で、そっちが風呂、トイレ。中にあるものは好きに使ってかまわねーから」

話が決まると、頼人は簡単に家の中のことを説明してくれた。

「二階は俺のプライベートスペースだから、立ち入らないように」

気を失っているうちに運び込まれたからわからなかったが、リビングは家の中心にあり、玄関からは死角になっているものの、広いホールと居間、ダイニングキッチンはひと繋がりになっていた。

男のひとり暮らしとしては、これで問題ないのだろう。広々と開放的で、何より格好いいつくりではあった。

「……パーティーでも開けそうな家だな」

周囲を見回しながら、水季はつい呟く。

「パーティーってほどじゃないけど、まあ友達呼んだりはよくするかな」

おそらく友人がたくさんいる、見た目どおりの社交家なのだろう。自分とはまるで違うタイプだと水季は思った。

「エンゲイジヒルズ・ニュータウンの住宅のほとんどは、同じ建築家の手で設計されてんだけど、共通のコンセプトがあるんだ。なんだと思う？」

水季はまるで思いつかず、首を振った。

「『施主《せしゅ》の贅沢《ぜいたく》を現実にする家』」

「施主の贅沢……？」

「家を建てるとき、ちょっといいと思っても普通なら真っ先に諦めることってあるだろ。予算もあるけど、間取りの関係や、家族の反対、そこまでするのはばかばかしいからって理由で。――書斎が欲しい、完全防音のオーディオルームで音楽を聴きたい、たくさんの大型犬と暮らせるドッグランつきの家にしたい、とかな。あとエロ系も」

「エロ系？」

「SMルームが欲しい、とかさ」

「……おまえ、まさか」

「俺の話じゃねえよっ」

どん引きしかける水季に、頼人は声をあげた。

「……ま、そういうのを実現する設計を売りにしてるんだってさ。施主が全員ゲイで、養う妻子がいないぶん予算にゆとりがあって、自由が利《き》くからこそできる、ゲイならではの贅沢な家ってことだな」

「へえ……」

そんな話を聞きながら、水季はふと思いつく。

「そういえば……、恋人とか来たら俺、邪魔じゃないかな」

「今さらそれを言う?」

「だっ……、邪魔なときは俺、外に出ててもいいしと思って」

「今いない。っていうか、どうせ家に泊めたりするのは好きじゃねーし」

(……友達を呼んで、パーティーはするのに?)

「――ここ」

頼人は水季に突っ込む隙《すき》を与えず、一階の隅にあった部屋のドアを示した。

「客間だけど、いるあいだは好きに使って」

「あ、ああ」

部屋をもらえるとは思っておらず、水季は少なからず驚いた。リビングのソファで十分だと思っていたのだ。

一応、礼を言うべきだろうか。もともと素直に言葉にするのが苦手なうえに、今までの頼人の揶揄《からか》いを思い出して、つい躊躇《ためら》う。

「……と、家の中の説明はこんなとこだけど、なんか聞きたいことある？」

口ごもるうちに、あっさりと流されてしまった。

「あ、……いや、もう十分」

水季は首を振った。

「そう。じゃあ夕飯つくるけど、何が食いたい？」

「え、俺のも？」

「そりゃ……自分でつくるのは無理だろうし、一応加害者ですから？」

家に置いてもらうことで、その件は不問《ふもん》にしたつもりだった。だが頼人は一応、気を使ってはくれるらしい。視線を手首に落としてくる。

水季は少し感動した。遠慮して、なんでもいい、と答えようとする。それより早く、頼人は続けた。

「今あるもんだとレトルトのカレー、レトルトのパスタ、カップラーメン、シリアル各種……」

「それ料理かよっ⁉」

その品目に、思わず声をあげてしまう。

「別に料理するとは言ってない。夕飯つくるって言っただけ」

「……。………」

頼人は偉そうに言うが、正直、夕飯をつくる、という言葉さえあわないほどだと水季は思った。食べさせてもらう身で文句を言う気はないが、その程度なら、捻挫をしている自分でもできるんじゃないか？

「あと、ステーキ」

「ステーキ……！」

だが最後の品目で、水季は反射的に叫んでしまった。貧乏――というほどではこの頃はないが、ゆとりがあるわけでもない食生活をしている身には、聞き捨てならない単語だったからだ。

頼人は失笑した。

「なっ、なんだよっ⁉」

「いやいや」

笑いながら、頼人は首を振った。もともと整った顔が、笑うと生き生きして更に綺麗《きれい》に見える。水季はつい見惚《みと》れてしまいそうになり、はっとして目を逸らした。

「わかった。ステーキな」

「……いいのか？」

つい声が出ただけで、リクエストしたつもりではなかったのだ。被害者とはいえ世話になる身で、ちょっとずうずうしいのではないだろうか。

「悪かったら最初から言わない」

それにもう一つ。

「……大丈夫なのかよ？」

頼人の腕前も気になった。

「焼くだけだぜ？」

だが頼人は軽く言い、顎で客間のドアを示す。

「できるまで休んでれば？　また熱が出るかもって先生も言ってたからな」

言われてみれば、たしかに腕と頭がやや熱を持っている気がする。

頼人の料理に若干《じゃっかん》の不安を覚えつつ、水季はおとなしく言葉に甘えることにした。

キッチンへ向かう頼人を見送り、客間のドアを開ける。

室内にはベッドと小机が置かれ、つくりつけのクローゼットがある。広くはないが、家具に統一感があって洒落ているし、一面だけビビッドな植物模様の壁紙が貼られているのが格好いい。はっきり言って、安アパートの自分の部屋よりよほど落ち着けそうで、しばらくとはいえここで暮らせると思うと、水季は少しわくわくした。

窓を開けると、気持ちのいい風が入ってくる。

パーティーを開けるほどの広い居間も、緑の庭も、水季の狭いアパートとは、当たり前だが別世界だ。

こんな家にずっと住めたらと一瞬思わないでもなかったが、広いリビングに独りで座っている自分を思い浮かべ、水季は小さく首を振った。こんなところで暮らすのは、呼べばパーティーに来てくれる、たくさんの友達がいる人間だけの特権だと思う。

水季は再び窓を閉めると、ベッドに転がり、そのまま目を閉じた。


自覚していた以上に、身体にダメージはあったらしい。横になった瞬間、再び寝入っていたようだった。

やはり軽く熱中症気味だったのか、眠る前はやや重い感じだった頭が、起きたときにはほとんど楽になっていた。

肉の焼ける香ばしい匂いが微《かす》かに漂《ただよ》ってくる。

眠っていたあいだに頼人が差し入れておいてくれたらしいシャツとチノパンに着替え、食欲に導かれてダイニングへ行けば、頼人はテーブルに料理を並べていた。鉄板に載せられた分厚いステーキに、口の中に唾液《だえき》が溜まる。

気配に気づいたのか、頼人が振り向いた。そして水季の姿を見て、軽く噴き出す。

「な、なんだよ⁉」

彼は唇に笑みを浮かべたまま言った。

「いやいや。いいんじゃない？　彼シャツって感じ。ズボン穿《は》いてるのが惜しいけど」

「はあ⁉」

借りたシャツが大きすぎて、袖《そで》で手の甲まで隠れていることを言っているらしい。前ボタンだったおかげでどうにか着ることはできたが、片手が使えないために上手く折り返すことができなかったのだ。

たぶん頼人自身の服なのだろう。貸してくれたのはありがたいが、裾《すそ》も丈も長いことに体格差を見せつけられ、ただでさえ面白くなかったところに失笑されて、水季は声を荒げた。

「何、気色《きしょく》悪いこと言ってんだよっ！　折り曲げようと思ったけど、できなかっただけだろ！」

ちなみに水季のワイシャツとスーツのズボンは、事故のときに一部破れてしまっていた。繕《つくろ》って着られるようなものでもないし、もう捨てるしかないだろう。

（一張羅《いっちょうら》だったのに）

たいした品物でもないが、礼服はそれしか持っていなかったのだ。一応結婚式に踏み込むのだからと考えたのが失敗だった。

「しょーがねーなあ」

揶揄うような笑みを浮かべたまま、頼人が手招きをする。彼は先刻のままのシャツの上に、ざっくりしたエプロンをかけていた。ごく普通の格好なのに、何かとてもきまって見えるのは、さすが芸能人というべきか。

警戒《けいかい》しながらも、水季がカウンターをまわり、そろそろと近づくと、頼人は水季のシャツの袖口を折ってくれた。ときどき彼の手がじかにふれる。終わると、チノパンの裾も。

「ほら」

「あ……ああ」

礼を言うのにもなんだか照れているうちに、背中を押され、ダイニング側へ戻される。水季は席についた。

テーブルの上にはステーキの他に、パンにスープ、サラダも載せられていて、少し驚く。

「……料理、全然できないのかと思ってた……」

「それなりにできるよ。ふだんは食材をそろえてないだけ。自分ひとりのためにつくってもつまんねーから」

その気持ちは、水季にも共感できた。自分ひとりのための料理は、美味しくできても、ちょっと虚《むな》しい。

よく見ればスープはインスタントだが、具材を足して加工してあるし、冷凍カット野菜を使ったサラダも、ソースは手づくりのようだ。

手軽にさらっとこういうものを出せたりすると、さぞかし女性にもてることだろうと思う。嫌味《いやみ》なところはあるが、見目のいい男でもあるし。

（……でも、ゲイなんだよな……）

「ん？」

向かいに座った頼人が、視線に気づいて問いかけてくる。

「――いや、別に。ただ、……」

「何？」

「さぞ女にもてそうなのにもったいないないと思って」

「そりゃどうも」

満更《まんざら》でもない顔で、頼人は答えた。

「でも、ご心配には及ばないから」

「え？」

「俺、男にももてるから。口説いて落ちないやつなんて、今までひとりもいなかったしね」

「ああ、そうかよ」

（ばかばかしい）

水季は心からそう思った。

無視してさっさと食事にかかろうとする。けれども水季は、肉を切ることができなかった。

右手にまったく力が入らないのだ。手を持ち替えて、左手でナイフを握っても、利き手ではないのでやはり上手くいかない。これではサラダやスープはともかく、メインディッシュを食べることができない。

ステーキを前に固まる水季を、頼人はにやにやと眺めている。

「食わせてやろっか?」

「よ……」

よけいなお世話だ、と脊髄反射《せきずいはんしゃ》しかけ、ぎりぎりで思いとどまる。この状態では、自分で肉を切ることはできないのだ。誰かの手を借りなければ——といえば、今ここには、頼人しかいない。

「お願いします、頼人様って言ってごらん?」

ん? と彼は覗き込んでくる。

「じょっ、冗談じゃねーよっ」

今度こそ水季は反射的に答えた。左手でフォークを握り、肉に突き刺す。そしてそのままかぶりつこうとした。

「あーあぁ、無茶すんなって」

その手を頼人に摑まれた。

彼はやんわりとフォークを奪《うば》い、テーブルからナイフも取って、向かい側からステーキを切り分ける。そしてその一切れを水季に差し出した。

「あーん」

と言いながら、目が笑っている。ばかにしやがって、と思うが、どうしようもなかった。

「覚えてろよ……っ」

「そうだな。俺がいつか腕でも折ることがあったら、同じことしてもらおっと」

軽く口にする頼人にますますむかつきながら、水季は肉に食らいついた。そしてその途端、ジューシーな食感と味に頬が落ちそうになる。

「美味い?」

「……美味い」

認めないわけにはいかなかった。以前、涼真の大学合格祝いのときに家でステーキを焼いてみたことがあるが、まったくこんなふうにはならなかった。肉の違いか、焼き加減の問題か、たぶんその両方なのだろう。

料理について他愛もない会話をかわしながら、頼人は次々と肉を切り分け、自分が食べるのと交互に口に入れてくれる。

人に甲斐甲斐しく世話をしてもらうのは、両親が生きていた頃以来のことだった。嫌なわけではないが、慣れないせいかひどく落ち着かない。頼人にとっては、水季は積極的に世話を焼きたいような相手ではないだろうに。

もともと面倒見はいいほうなのかもしれないが、ただの世話焼きというより、どこか甘い感じがするのも妙《みょう》な気分だった。

「……おまえさあ」

「うん？」

と何気なく答える声も、どこか甘い。水季は小さく吐息をついた。

「……なんでもない」

もしかしたらこれは、頼人にとっては常態《じょうたい》——一種の習慣なのではないかと水季は思った。相手が誰であっても——たとえまったく恋愛の対象外であっても、息をするように甘い雰囲気をつくるのが。

（たらしめ）

たちの悪い……と、思わずにはいられない。

けれども実際、世話を焼いてもらってたすかっていることもまた事実ではあった。

（……やっぱり、一度ぐらい礼を言ったほうがいいかも）

と、水季は思う。けれどもいざとなるとなかなか言葉が出てこなかった。

「ごちそうさま。……美味かった」

と言うのが精一杯で。

「どういたしまして。——ま、こういうサービスは今回だけだけどな」

「え……？」

「明日は食いやすく切っといてやるから、自分で食えよな」

「……え？　あ……！」

一瞬、考えて、水季は気づいた。

別に食べさせてもらう必要はなかったのだ。切ってもらえば自分で食べられたのだ。けれども今さら気付いても、後の祭りだった。

「いやあ、餌《え》づけしてるみたいで面白くてさ」

「きさ……」

「それはそうと、風呂どうする？」

いちいち腹の立つ男だ。水季が抗議《こうぎ》しかけるのを、頼人は流してしまう。

「今日はシャワー程度にしといたほうがいいと思うけど、使うなら先にどうぞ」

「おまえな、」

「一人で入れる？　なんだったら洗ってやろうか？　隅々まで、綺麗にね」

テーブルに肘《ひじ》を突いて、にやにやと覗き込んでくる。視線を合わせられ、かっと頬が火照った。

「ばか、すけべ……！」

「人聞きの悪い。親切心で言ってるのに」

と頼人は言うが、表情を見ればとてもそうとは思えない。

「好みがうるさいんじゃなかったのかよっ」

「ま、恋人になるんならね。やるだけやらせてくれるってんなら、おまえでもそれなりに喜んで食っちゃうけど」

「な、わけないだろ……！」

（しかも「それなりに」だと……!?）

水季は大きな音を立ててテーブルに片手を突き、立ち上がった。くるりと踵《きびす》を返し、バスルームへと足を向ける。

「ごゆっくり」

背中に頼人が声をかけてくる。水季は振り向いて、きっと睨んだ。

「覗くなよ……！」

「どうかなあ。覗くだけで済むかなあ」

「なっ――」

水季は絶句する。顔がますます熱くなる。

「変なことしたら、ゆるさないからな……！」

思わず叫ぶと、頼人は爆笑した。

「ないない、あるわけないって！」

（完全に揶揄われてる……！）

一瞬でも、感謝しようと思ったことを、水季は後悔した。

大股でダイニングをあとにする。脱衣所へ飛び込み、勢いよく音を立ててドアを閉めても、頼人の笑い声はまだ響いていた。

3

ゲイである男と同じ屋根の下で一晩過ごすことに、多少の身の危険を感じて緊張しないでもなかったが、まったく何ごともなく夜は明けた。

翌日、水季は会社に交渉して、無事休みをもぎ取った。急なことで渋られはしたものの、暇《ひま》な時期だったのと、十年間一度も有給休暇を取得していなかった事実が効いたらしい。

涼真の会社の始業時間から出勤時間を予測し、再びリビングから斜向かいの家を窺《うかが》えば、ちょうど彼が家から出てくるところを見ることができた。

見送りに立つ彼の恋人は、カジュアルな姿のままだった。エンゲイジヒルズに住んでいるくらいだから、それなりの仕事にはついているのだろうが、会社員というわけではないのかもしれない。

涼真は、彼といってらっしゃいの挨拶——というには濃厚なキスを交わす。そしていつのまに買ったのか、新車に乗って出かけていった。

まったく、なんの因果で朝っぱらから弟が男とキスするシーンを見なければならないのだろう。しかも頼人に借りたオペラグラスを使用していたため、思いきり目《ま》の当たりにしてしまった。

水季が頭を抱えていると、

「誰に頼まれたわけでもないのに勝手に見てんだから、しょーがねーんじゃねぇの？」

と、頼人に正論で嘲笑《ちょうしょう》され、ますます神経に障《さわ》った。これが可愛い女の子の嫁だったなら、水季だってこんなふうには思わないのに。

遅く起きてきた頼人はキッチンに立ち、朝食の支度《したく》をしはじめた。

昨日はつくるところを見ていなかったが、頼人の手際《てぎわ》はとてもよかった。むかついていたことも忘れて、つい目を奪われてしまう。容姿の華麗さと相まって、絵になっているといってもいいくらいだった。

「――ん？　何？」

視線に気づいて、頼人が顔を上げる。

「あ、いや、――て、手伝えることないかと思って……っ」

見ていたことを悟られたくなくて、水季は慌てて言い訳をした。

「何、殊勝《しゅしょう》じゃん？」

「うるさいな。あんまり借りをつくりたくねーんだよっ」

頼人は小さく笑った。

「じゃあ、皿出して。後ろの棚《たな》の三段目に入ってる白いやつ」

水季はカウンターキッチンの中へ入り、食器を取り出した。それくらいなら、左手しか使えなくてもできる。

「これか？」

「違う。目玉焼きを載せるんだから、だいたいわかるだろ」

「これ？」

「おまえ、玉子何個食べるつもりなの」

頼人は苦笑する。

「つるさいな、うちでは大皿に全部まとめて盛るんだよっ、洗い物とか楽だろ、そのほうが」

「はいはい。じゃあ特別サービスで、水季ちゃんには玉子二個な」

水季の言い訳を聞き流し、頼人はフライパンに玉子をもう一つ割り入れた。水季は頬を膨《ふく》らませるが、本当はそれほど悪い気分でもなかった。むしろなんだか弾《はず》んでいたと言ってもいい。

水季は頼人の指示どおりに皿を運んだり、飲み物を出したりする。誰かと一緒にキッチンに立つのは、ずいぶんひさしぶりのことだった。

（誰かっていうか、涼真しかいなかったけど……）

友達をつくるのが上手くない水季は、そもそも涼真以外の誰かと何かをしたことが、ほとんどなかった。

（……って、別に手伝うのが楽しいなんて思ってないんだからな！　ただ義理で手伝ってるだけだから……！）

誰にともなく言い訳をしながら、頼人の斜め後ろに立ち、他にすることはないかと覗き込む。

頼人は軽く噴き出した。

「な、なんだよっ？」

「なんかお母さんに纏わりつく子供みたいだと思って」

「なっ」

「ほら、これ持ってって、もう座っててていいから」

声をあげかけた途端、ひょいと皿を持たされ、抗議を封じられた。剝《む》れながらも、しかたなく水季は皿を持ってテーブルに着く。

ともかく頼人と向かいあって、彼がつくってくれた朝食をとった。

「また食べさせてやろうか」

と、頼人は揶揄ってきたけれども、皿の上のものはすべて一口サイズに切ってあって、左手だけでも食べることができた。

食後、午後からは仕事だという頼人に食洗機《しょくせんき》の使い方を教えてもらい、後片づけは水季が引き受ける。

ちょうどその頃、マネージャーが頼人を迎えに来た。

（やっぱ、いるんだ。マネージャーが。……芸能人だもんな）

つい興味深く眺めてしまう水季だったが、マネージャーは水季を見て、怜悧《れいり》そうな眉間《みけん》に縦《たて》皺《じわ》を寄せた。

「……ここには連れ込まないんじゃなかったんですか」

「これはそういうのじゃねーよ」

と言う頼人に胡散臭《うさんくさ》いものを見る目を向けながら、水季には、

「くれぐれも御代田とのことは他言《たごん》しないようにお願いします」

と、念を押す。そして支度を終えた頼人を連れて、家を出た。

玄関先で、

「じゃあ、行ってきます」

と頼人に言われれば、水季は、

「……行ってらっしゃい」

と答えないわけにもいかない。

何かひどく変な感じがした。居候の身の上なのに、まるで家族のようだと思う。先刻の涼真たちのことを思い出す。

ふと視線を斜向かいの家へ投げると、それで察《さっ》したのか、ふいに頼人が言った。

「してやろうか」

「え？」

頼人は自分の唇を軽く指で示す。

「っ、ばか……！」

かあっと頭に血が昇った。マネージャーの白い目が、いたたまれない。

「さっさと行け！」

水季は頼人を家から追い出し、玄関の扉をばたんと閉じた。


頼人が出かけたあと、水季は食器を片づけ、テーブルを拭《ふ》いたり軽く掃除機をかけたり、左手だけでもできる簡単な家事を済ませた。

そのあと、病院へ行った。検査のために、一応もう一度来院するように言われていると頼人に聞いたからだ。

街の中心部に位置する病院は、さほど大きくはなかったが、設備はかなり整っているのだという。さすがにセレブのための街だけのことはある。

昨日水季はずっと気を失っていたから、診てくれた医師のことを何も覚えていなかったが、医師のほうは水季を覚えていた。

街のゲートのすぐ外側あたりは、登りが急で見通しが悪いうえに、滅多《めった》に人が歩いているような場所ではないので警戒心が緩みがちで、事故になりやすい場所なのだそうだ。

「頼人が抱きかかえて連れてきたから、てっきりあいつの新しい男かと思っていた。違うのか……」

堅物《かたぶつ》そうな医師は、頼人の友人でもあるらしい。こういう言われかたをされるということは、やはり頼人は相当節操《せっそう》のないタイプなのだろう。医師もまたそれに多少呆れているのが、どことなく滲み出ていた。

家に置いてくれたり世話を焼いてくれたり、せっかく彼のことを少しだけ見直しかけていたのに。

「違います」

そこだけははっきり否定しておかなければと、水季は言った。

「まあ、たしかにあいつがいつもつきあっているようなタイプとは、若干違うようだな。本人も違うとは言っていたし」

(だったら聞くなよ)

どうせ見た目も中身(までは初対面の相手にはわからないにせよ)も、頼人の今までの恋人たちのレベルに達していないと言いたいのだろう。

頼人の恋人ではないが、理由《わけ》あって家に置いてもらっていることを告げると、

「それは……どうか気をつけて」

と、医師は言った。

「え、何を？」

意味がわからず、水季は問い返す。

「いや、あいつは手が早いから」

……そういう心配はないと思う。

ともかく、幸い右手首の捻挫以外は事故による怪我はなく、痛みがなくなれば動かしてもいいという診断を得、水季は病院をあとにした。軽い熱中症のほうももう問題ないという。

その後、当座必要な着替えなどを買い出しに、頼人に教えてもらった街のショッピングモールへ行った。

（これがショッピングモール…？……）

パサージュ、またはガレリアとでも呼んだほうがいいかもしれない。

緑豊かな敷地の中に建つ、ガラス張りのアーケードのある四階建ての巨大な建物だった。シンメトリーのどこか異国的な外観の壁面には蔦《つた》が絡まり、自然の中に綺麗に調和している。周囲に水路が設《もう》けてあるのも涼しげだった。

そして中へ入れば、食品、雑貨、書店などあらゆる店がそろっていた。高級ブランドショッ

プや宝石店まであって、いったいそんなものがこの街に存在する必要があるのかと思う。水季の中では、どちらも女性が好きなもののイメージだ。

けれどもそんな疑問は、宝石店の前を通りかかれば、すぐに解《と》けた。男同士のカップルが、はばかりもなくいちゃいちゃと結婚指輪を選んでいたからだ。

（……なるほど、こういう需要《じゅよう》があるわけだ）

この街にある店でなら、人目を気にせず堂々と、結婚指輪でも同性の恋人へのプレゼントでも選ぶことができる。男が男に贈るのが当然だから、店員もごく普通に応対してくれる。

水季はやれやれと首を振った。

（買い物を済ませて、さっさと帰ろう）

モール内には、カジュアルファッションの店もある。だが、そこに置かれていた品物の値段を見て、水季は絶句《ぜっく》した。まったく「気軽」などではなかった。

決して買えない金額ではない。ないが、いちいちワンランク上の品ぞろえになっているのだ。

やはり必要なものは家まで取りに帰ればよかった。面倒なのと、また坂を登るのが億劫《おっくう》なのとで、つい楽なほうに流れてしまったことを、水季は少しだけ後悔した。

ついでに頼人に頼まれた夕食の買い物をしたが、当然食材も高価だった。

（そのぶん品質はよさそうだけど）

何をとっても、色つやがまるで違って美味しそうではあるのだ。

食材を見ているうちに空腹を覚え、水季はモールのフードコートでランチをとることにした。幸いここは軽食のみということもあって、驚くような値段ではなかった。慣れてきたのもあったのかもしれない。

トレイを持って四階のテラスへ出ると、気持ちのいい初夏の風が吹いていた。眼下には、街が見渡せる。片隅の席でアイスコーヒーを啜《すす》り、サンドイッチをかじりながら、水季は何気なくそれを眺めた。

（綺麗な街ではあるんだよな……）

石畳の遊歩道に、街路樹がたくさん。ゆったりと区分けされた敷地に建つ瀟洒な建物には、それぞれに前庭があり、花も溢れていた。

そして見た目の美しさばかりではなく、こうして街の中心にあるショッピングモールには、高級スーパーやレストラン、ブティック、映画館やスポーツジムまで内包されている。基本的には、街の中から出なくても、生活に不自由はないようになっていた。

さすがセレブな街。

――いや、セレブなゲイの街、だ。

ため息をつきながら、外に向けていた視線をふとテラスの中へと戻す。

そして水季はついコーヒーを噴きそうになってしまった。

食べはじめたときは正午前だったが、今はもろにランチ時である。混みあったテラスに、客があふれていた。

改めて見回してみれば、周囲は男、男、男。男だらけだった。

しかも多くは二人連れで、彼らは向かいあった席や、どうかすると隣りあった席にぴったりとくっついて座り、語りあったり見つめあったりしているのだ。それどころか、手を握りあっているむくつけき男同士のカップルさえいる。

（やっぱ、なんかおかしいだろ……）

他人が——他人でさえあれば、誰が誰とつきあっていようが別にかまわないのだが、こうして大量に見てしまえば、やはり眩暈を覚えずにはいられなかった。

（だってふつうは、男は女とつきあうもんだろ……）

どっちともつきあったことのない自分のことは棚に上げて、水季はひとりごちる。

（——ん？）

そのときふと視界の隅に、どこかのテーブルを目指す男女のカップルが映った。

（あ、女もいるんじゃないか）

なんとなくほっとして、つい目で追ってしまう。だがその顔をはっきりと見た瞬間、また頭を抱えた。

（あれも男か……）

一見、完璧に女性、しかもかなりの美人に見える。だがその顔を水季は知っていた。有名なニューハーフのタレントだったからだ。

(そういえば、この街の広告塔のひとりだったんだよな……)

ぐったりと頭を振りながら、フードコートをあとにした。

けれど表に出れば出たで、また男同士がいちゃついている姿を見るはめになるのだ。

平日の真っ昼間だというのに、日本にはこんなにもゲイがいたのかと思う。しかも、セレブなゲイが。

家の中にいればあまりわからないけれども、外へ一歩出れば、「ゲイの街」であることをあらゆる瞬間に意識しないわけにはいかなかった。

まあ世間体を気にせずこの街に家を買った——買えるだけの経済力のある男といえば、サラリーマンよりはむしろ自営業、自由業の成功者が多いだろう。平日の昼間というのは、驚くには当たらないのかも知れないけれども。

それに外に仕事を持つ居住者とは逆に、外から中に働きに来ている者や、遊びに来ているゲイもそれなりにいるのかもしれない。中で働くために、中に住んでいる者もいるのかも。

そういえば病院で診てくれたあの医者も、看護師も、ゲイだったのだろうか。ショッピングモールのレジにいた店員も?

(……涼真の相手は、どういう仕事をしてるんだろう?)

別れさせるいい手はないだろうか、と水季は考える。ゲイをネタに、ばらされたくなければ涼真と別れるように相手を説得する――という案もあるが、そんな脅しが効くような男なら、こんな街に新居をかまえたりはしないだろう。それにもし逆に脅し返されて、涼真の将来に傷がつくようなことにでもなったら、後悔してもしきれない。

(ほかには……。要するに、涼真が正気に返ってくれさえすればいいんだが……。男の恋人のことなんか忘れて)

帰路、すれ違うゲイたちは、この陽射しの下を、手を繋いだり肩を抱きあったりして楽しそうに歩いている。暑くないのかと思う。それとも自分たちの熱さで手一杯で、気温のことなど気にならないのだろうか。

(くそ……)

しあわせそうな彼らを見ていると、何故だかひどく忌々《いまいま》しい気分になる。

頼人の家に帰りついたときには、たいしたことをしたわけでもないのに、水季は精神的に疲れきっていた。

預かっていた鍵《かぎ》でドアを開け、中へ入ると、ひどくほっとした。

(他人の家に帰ってきて落ち着くっていうのも変だけど……)

しかもゲイの家でもあるのに。

けれども、たしかに居心地のいい住まいではあったのだ。センスがよく、それでいてスタイリッシュすぎて人を拒むようなところがない。生活にゆとりや遊びがある。頼人らしい家だと思う。

（……思えば、変なやつだよな……）

事故のことがあるとはいえ、超セレブな芸能人のくせに、見ず知らずの水季などを居候させてくれるなんて。

買ってきた食材などをキッチンへ片づけ、エアコンをつけて、水季はリビングのソファへ身を投げ出した。

二人を別れさせるにはどうしたらいいのかと、先刻の思考に戻る。なるべく早く決着させるに越したことはないのだけれど。

（いつまでもこの家に置いてもらえるわけでもないし……）

そう思うと、気のせいか胸に小さく痛みが走った。

＊

その夜、頼人が門の前でマネージャーの車を降り、自分の家を見上げると、窓に明かりが灯されているのが見えた。

（そういや、あいつがいるんだっけ……）

人のいる家は温かそうで、まるで別の家みたいに見える。

留守のあいだに姿を消している可能性も考えないではなかったが、水季はどうやら本気で頼人の家に居着いてしまったらしい。

（まさか、こんなことになるとは思わなかったな）

ああいう粘着質《ねんちゃくしつ》な男と関わりあいになってしまったのが——いやむしろ、垢抜《あかぬ》けないながらもちょっと可愛いと思って家に連れ帰ってしまったのが、運の尽きだったのかもしれない。

ああいう性格で、しかもゲイでさえなかったなんて。

（この悪癖《あくへき》、我ながらなんとかしなきゃだよな……）

いくら病院が休みだったとはいえ、置いてきていれば、こうして水季を居座らせることにはならなかったのではないか。

あの事故は、どちらかといえば、むしろ急に飛び出してきた水季に非があると頼人は思っている。けれども実際、頼人が車に乗っていた側である以上、分が悪かった。

（いや……それだけなら、別にこっちだけが悪いわけじゃなし、突っぱねたってよかったんだけど）

できなかったのは、水季のあまりの必死さに、ついほだされてしまったからだろうか。

とはいえその必死さは、弟の結婚を阻止しようとするために発揮されているわけで、とても褒められたこととは思えないのだけれど。

頼人にとって、水季の弟への執着は、まったく理解できないものだった。

「ただいま」

と、玄関で靴を脱ぎながら言えば、水季がホールへ出てくる。

「おかえり」

（おや）

わざわざ迎えに出てくれるところは、ちょっと可愛いかもしれない。

（……と、いやいや甘すぎるだろ。居候なんだから、それくらい当然だって）

「なあ、なんか部屋が綺麗になってない？」

リビングへ移動しながら、ふと気づいて口に出してみれば、

「あ、ちょっと掃除を……って言っても、掃除機かけたり棚の上を拭いたりしただけだからな。私物をさわったりしてないから」

わざわざ注釈するのは、最初にさせたプライバシーに干渉しないという約束ゆえだろうか。

「あと、電球磨《みが》いたり」

「電球!?」

これはまったく予想外だった。ああ、それで部屋が明るくなって、よけい綺麗に見えているのかと思う。リビングの壁には、雰囲気を重視した間接照明と、読書用のスタンドライトとが

ある。どれもそれなりの高さに設置してあり、面倒で今まで一度も磨いたことはなかった。

「その腕で、踏み台に乗って？　危ないだろ」

「そうでもねーよ。たいした高さじゃないし、あんまりできることなかったから」

だから左手だけでもできることを探して、電球に行き着いたということか。

「……まあ……、なんていうか気が利くじゃん。ありがとな」

多少呆然としながら礼を言うと、水季はもふられた犬みたいな顔をした。けれどもそれは一瞬のことで。

「一方的に借りつくるのも嫌だったからなっ」

そう言って踵を返す。頼人はつい、笑ってしまった。

キッチンへ行き、冷蔵庫の中を確認すれば、頼んであった買い物はきちんと済ませてある。テーブルの上にお釣りとレシート。

（……こういうとこはね、真面目で悪くないと思うけど）

それから簡単な夕食を作り、水季と一緒に食べた。

水季は特に褒め言葉を口にするわけではなかったが、がつがつした食いっぷりをみれば、料理を気に入っただろうことは一目瞭然《いちもくりょうぜん》だった。そういうさまを見れば、頼人もまんざらではない気分になる。

いや、別に全然好みとかじゃないけど、と誰にともなくつけ加えて。

後片づけを終えてリビングへ戻れば、水季はオペラグラスを目に押し当て、窓に張りついていた。

（……これだもんな、何しろ）

正直、見ていて薄ら寒かった。

ちなみにそのオペラグラスは、双眼鏡か何か持ってたら貸せと水季に頼まれ、頼人が提供したものだ。

（諦めりゃいいものを）

ここまで必死になって弟を正道に戻したいと思う気持ちが、正直頼人には理解できなかった。

頼人にも弟がいるが、我が身に置き換えて考えてみると、ますますわからなくなる。

（男兄弟なんて、他人も同然なのが普通じゃねーのか？）

ゲイだと知った身内に嘆《なげ》かれたり勘当《かんどう》されたという話はよく耳にするから、弟がゲイになってショックを受けたというところまでは、わからないでもない。けれども弟とはいえ、成人した男の結婚は、兄が口を出すようなことではないだろうに。

心配でたまらないという、水季の弟を思う気持ちが本物なのはわかるだけに、すべてを否定することもなんだかできないが、よけいなお世話過ぎるのではないか。

この必死さは、過保護というのを突き抜けている気さえする。

「水季」

あらぬ考えを振り払い、頼人は水季の後ろから、窓の外を覗き込んだ。

「――どうよ？」

「花火してる」

「は？」

オペラグラスを渡されてみれば、たしかに二人は庭で花火をして遊んでいた。斜向かいという絶妙な位置のせいで、ばっちりそれを見ることができた。

（……って、別に俺は見たくないんだけどね）

「で、作戦はきまった？」

水季にオペラグラスを返しながら聞いてみれば、彼は逆に問い返してきた。

「――おまえ、あの二人を見てて気づいたこと、ないか？」

「気づいたことって？」

頼人は首をひねる。

「微笑《ほほえ》ましいカップルだなあ。お似合いなんじゃね？」

思ったままを口にしたが、水季はそれを聞こえなかったかのように流した。そして言った。

「涼真ばっかり話しかけてる」

「ああ、そう言われてみれば……」

内容までは聞こえないが、水季の弟――涼真がさかんに話をして、どう見てもべた惚れという感じに見えた。対して相手は、それに微笑って頷いたり、ときどき二言三言を返すだけだ。

それでも退屈そうなんてことはなく、十分に楽しそうだったのだけれど。

「おとなしい子だからかな」

「違う」

「え？」

「きっと相手は、涼真が思うほどには、あいつのことを好きじゃないんだ」

「ええ？」

頼人はぎょっとした。

「そんなこと、たったこれだけじゃわからないだろ。そういう性格なのかもしれないじゃん」

「だとしても冷たすぎるだろ……！　涼真は、……何もかも捨ててもいいくらい、あいつのことを愛してるって言ってたのに……！」

ああ……それで捨てられたんだもんね、おまえ。

そう思うと、同情が湧かないでもない。

（でもたぶん、相手も似たようなもんだったのかもしれないよ？）

状況にもよるが、この街に家を買うのは、覚悟なしにはできないことだ。カミングアウトしたも同然になるからだ。身内にもいい顔をされなかったかもしれないし、知られれば仕事先でも後ろ指をさすやつが出てくるかもしれない。頼人自身、実家からは家名に泥《どろ》を塗るとずいぶん白い目を向けられたものだった。

（ま、俺は気にしねぇけど）

そんなことを、どう水季に説明しようかと考えていたときだった。

「……頼人」

水季が言った。

「あの子を口説いてくれないか？」

「あの子、ってあの子……？」

まさかと思いながら、問い返す。

「ああ」

あっさりと水季は頷いた。頼人は、思わず声をあげてしまう。

「なっ、おまえ何言ってんの！」

「落とせない男なんていないんだろ、だったら……！」

「だからって、なんでそんな話になるんだよっ」

「あいつを涼真から引き離すんだよ……！　涼真のこと、それほど好きなわけじゃなさそうだし、おまえが口説けばきっとすぐになびく。新しい男ができれば、涼真とは別れる気になるだろ……！」

頼人は呆然とした。

普通そこまでするだろうか？　何故こうなるのか。諦めるどころか、真逆じゃないか。

第一、

「なんで俺がそんな役、引き受けなきゃなんねーんだよっ」

「あの子のこと、けっこう好みだって言ってたじゃないか。役得《やくとく》だろ。口説いてそのままつきあえばいい」

「いくら好みでも、新婚夫婦の邪魔なんかする気はないね。どうしても、って言うんなら、自分でやればいいだろ」

「お……俺なんかに引っかかるわけないだろお……！」

水季は叫んだ。

（ああ……一応自覚はあるわけね）

ややもっさりとした容姿は見ようによっては可愛いと思えないこともないとはいえ、……いや、見ようによっては、だからね——何よりこのひねくれた性格だ。社交的な感じでもないし、とてももてるとは思えない。そのうえ男を（もしかして女も？）口説くのはおそらく初めてともなれば、成功する可能性は無に等しいだろう。

「……だけどおまえなら……」

「ま、そりゃ俺は容姿端麗《ようしたんれい》、お洒落で優しくて、どんな男もめろめろですけど？」

「ちゃらちゃらしてるだけだろ……！　あ、いや……」

反射的に言い返して、口を押さえるのがおかしい。

「褒めてもらえるのは嬉しいけどね。せっかく上手くいってる夫婦の邪魔をするなんて野暮《やぼ》な趣味、俺にはねーの。他をあたれよ」

そんな気はさらさらない、と頼人は手を振った。

「他なんて……っ」

あてはないらしい。それはそうだろう。ただの友達でさえ少なそうなのに、ゲイの友人などいるとは思えなかった。そしてまた、こういう話で頼人以上の適任者《てきにんしゃ》などいるはずもない。

水季は、引き下がらなかった。

「お……おまえ、俺をはねたんだからな。ちょっとぐらい協力してくれたっていいだろ……！」

「その話はちゃらになったんじゃなかったっけ？」

この家に住まわせてやるかわりに、事故のことは水に流す。もともと水季のほうから言い出した条件だ。水季はぐっと詰まった。

「そんな無茶なこと、つきあう義理はないから。だいたい可哀想だと思わないのかよ？　せっかく上手くいってるのに、引き裂くなんて」

「それが涼真のためなんだよ……！」

弟の人生にここまで首を突っ込もうとするなんて、越権行為《えっけんこうい》としか頼人には思えない。男と一緒になったからといって不幸になると決まったものでもないだろうに、何故そこまで嫌がるのか。

（これって弟だからっていうより、まるで……）

嫉妬《しっと》しているみたいではないか？

そう思うと、なんだか面白くなかった。

「とにかく……！　おまえの弟がしあわせになろうが不幸になろうが、俺には関係ねーから。巻き込むな」

話は終わりだと言わんばかりに、頼人は窓辺を離れようとした。

「……そんなこと言って……」

その背中を、水季の地の底から響くような声が追ってくる。

「おまえ、自信がないんだろ」

「はああっ？　何言って」

「そりゃ、涼真のほうがいい男だもんな。どんなに口説いたって、あの子がおまえになびくわけないよな」

そう言ってせせら笑う。

「おまえねえ……！」

頼人はつい声を荒げてしまった。

「誰にものを言ってんだよ？　自信ないわけないだろ……！」

（……っと）

思わず挑発されかけて、我に返った。うっかり乗せられるところだった。冷静にならなければ。

頼人は呼吸を整えた。

「そもそもあの子を口説いたって、俺にはなんの得もねーだろうが」

「得……」

水季は眉を寄せ、考え込んだ。

「得があればやってくれるのか……？」

「いや、あのね」

「……バイト代を払えば、頼まれてくれるか？」

「んなわけねーだろ……！　別に金には困ってねえよ！」

「だったら、どうしたら引き受けてくれるんだよっ!?」

「どうしたって無理だっての……！」

頼人は一蹴《いっしゅう》したが、水季は食い下がってくる。

「何か欲しいものとかないのか？　して欲しいこととか……俺にできることならなんでもする」

しつこさに辟易《へきえき》した。どうしたら水季を諦めさせることができるのだろう？

ため息混じりに見下ろして、視線がふと、水季のシャツの襟元《えりもと》に吸い寄せられた。蒸し暑さに二つボタンを開けられた襟から、鎖骨《さこつ》が覗いていたからだ。

その途端、背筋《せすじ》がぞくっとした。

(——って、なんだよ、今の……！　こいつ相手に、ないだろ、それは)

別に何も欲しいものなんてない。そう言いかけて、けれどもふいに気が変わった。

「——だったら」

と、頼人は言った。

「かわりに犯《や》らせろよ」

「へっ……？」

水季は瞳をまるく見開く。何を言われたのかわからないという表情だった。

(本当に俺、何言ってんだろう)

そう思いながら、頼人は繰り返す。

「おまえが身体張るってんなら、考えないこともないけど？」

「え？　ええっ!?　お、おま、何言って……っ」

みるみるうちに、水季の顔が真っ赤に染まっていく。ゆでだこのような顔は、頼人にとって、とてもめずらしいものだった。

(……可愛いかも)

手を伸ばせば、びくりと顎を引く。

当然だが、頼人がそう言い出すことを、水季は予想もしていなかったらしい。

（……だよな。俺もだし）

頼人自身、ほんの数秒前まで、こんな提案をするつもりは毛頭《もうとう》なかったのだ。

水季は真っ赤になったまま、目を白黒させていた。

「お……おまえ、趣味がうるさいって……っ」

「……まあ、恋人にするならね。でも抱くだけなら、性格がちょっとくらいアレでも別にかまわないし、見た目だけならおまえでもぎりぎりＯＫだよ、俺は」

「――……」

水季はひどく不快そうに見える。たしかに我ながらどういう言いぐさかとも思うけれども。

（でも、ここまで言われれば諦めるだろ。いくらこいつでも）

「どうするよ？」

水季を囲い込むように壁に手を突いて、追いつめる。怯えたように目を逸らす姿は、けっこう可愛かった。

これはアリかもしれないと頼人は思いはじめていた。拒否されるに決まっているのが、ちょっともったいないと思うくらいに。

（また悪い癖《くせ》が）

こういう重苦しい性格の男に手を出したらまずいということは、わかっているのに。

「……わかった」

けれども、水季はそう答えた。

「ちょっ、本気かよっ⁉」

自分で要求しておきながら、頼人は愕然とした。

「おまえ、ゲイじゃないだろ⁉　男知らねえんだろっ⁉」

「知……っ」

生々しい言葉に、水季はまた頬を赤らめる。

「し、知らなかったら悪いのかよっ、しょうがないだろ、そんなのっ」

「だったら、なんでそんな簡単にＯＫするんだよっ？　何されるかわかってんのっ？」

「う……たぶん」

このようすでは、男同士のセックスのことなどろくに知りはしないだろう。

「……知らないくせに」

ため息が零れる。頼人は腕を水季の腰にまわし、抱き寄せた。

「ここ使うんだよ」

「ひやっ」

尻たぶをぎゅっと掴めば、水季は妙な声を漏らす。そして頼人の胸板に手を突き、押し退《の》けようとした。

頼人はあっさりと身体を離した。

「――ほらな、無理だろ。わかったら諦めろ」

「む……無理じゃない……！」

「無理だって。他の手段を考えろよ」

「他に思いつかないいんだからしょうがないだろ」

「だったら諦めろ」

「諦められるわけないだろ……‼」

水季は叫んだ。

「別に無理じゃねーよ、それくらい……！　……そりゃ、よくは知らないけど、何されても文句なんか言わねーし、なんでも言われたとおりにするから‼」

「――……」

頼人は言葉を失った。

これも弟への愛なのだろうが、頼人の知っている感情とは種類が違うようだった。頼人は、そういう愛を知らない。

家族とは今はもうほとんどつきあいがないくらいのクールな関係だし、頼人にとって恋愛は、ちょっと気に入った子に声をかけたりかけられたりして、しばらくのあいだ楽しく遊んだりセックスしたりするということだった。いつでも誰にでも好かれてきたし、相手に不自由したこともなければ、誰かひとりを激しく求めたこともない。

そういう彼にとって、水季の執着は理解不能なものだった。鬱陶しい関係への嫌悪感から、むしろ涼真に感情移入して、同情さえ感じるほどだった。弟にばかりかまっていないで、他に恋人をつくるなりなんなりすればいいのにと思う。

(まあ、相手が見つからないんだろうけど)

この性格では無理もない。

けれどもそう思うにもかかわらず、それほどの重い愛情を抱ける水季に、どこか自分が負けているような気がするのはどうしてなのだろう。

「――そこまでするほど弟が大事なんだ？」

「当たり前だろ……！　たった二人の兄弟なんだから、誰よりも大事に決まってるっ!!」

その言葉で、何故だか敗北感が不快感へとすり替わった。

「……へえ」

苛立ちのまま、頼人はすっと目を細めた。

よほど怖い表情をしていたのだろうか。水季がびくりと身を竦める。けれどもそんな怯えた顔を見ても、止まらなかった。

「後悔すんなよ」

頼人は水季を抱き上げてソファへと運び、投げ落とした。

*

「だったら、かわりに犯らせろよ」

頼人がそんなことを言い出すなんて、当たり前だが水季は夢にも思っていなかった。

なんだか、耳まで熱かった。

「お……おまえ、趣味がうるさいって……っ」

なのに何故、自分なんかに、と思う。その驚きには、この誰からも愛される、引く手あまたな男に求められたのだという浮つく思いが、微かに混じっていたかもしれない。頼人なら、間違いなく選び放題だろうに。

「まあ、恋人にするならね。でも抱くだけなら、性格がちょっとくらいアレでも別にかまわねーし、見た目だけならおまえでもぎりぎりＯＫだよ、俺は」

「──……」

答えはひどいものだった。

セックスの相手がせいぜいだと言われても、この身体が涼真の役に立つのなら、それで別にかまわない。なんの問題もない。そう思うのに、心がちくちくと痛みを訴える。

（……つまり、ただ孔《あな》さえあれば誰でもいい、ってことだ）

「どうするよ？」

窓辺に腕で囲い込まれ、ぞくりと身が竦んだ。

未経験の身に、抱かれることはひどい恐怖をともなう。どんなことをするのか、されるのかさえ、水季はろくな知識がなかった。痛いのか、どんなに恥ずかしいのか、——それとも。

けれどもここで断れば、頼人に頼みを聞いてもらうことはできない。

水季には、自分の身体が、それほどもったいぶるほどのものだとは思えなかった。

二十七になるまで一度も、男は勿論《もちろん》、女性とも抱き合った経験がない。恋人もできなかったし、誘われたことさえなかった。

たとえ身体だけにしても、手を伸ばしてきたのは、頼人が初めてだったのだ。

誰にも愛情をもってふれられたことがなく、きっとないままで自分は一生を終えるのだろう。そんな身体の無意味な貞操《ていそう》を守ってもしかたがない。少しでも役に立つのなら、涼真のために使ったほうがずっと値打ちがあるはずだった。

金も名誉も美貌も何もかも持っている頼人が、こんな身体でも抱くだけなら「あり」だと言うのなら。

「……わかった」

どくどくと激しく音を立てる胸を、水季は左手の拳《こぶし》でぎゅっと押さえた。

乱暴にソファに投げ落とされ、冷たい瞳で見下ろされて、たしかに「孔」扱いなのだと思い知る。覚悟のうえだったはずなのに、ひどく胸が痛んだ。

整っているだけに、そんな顔をされるとたまらなく怖かった。いろいろあっても今までは、ずいぶんとやわらかい表情を向けてくれていたのだとわかる。

間近で見下ろされれば、緊張と興奮で息苦しくなるほどだった。耐えきれず、水季は頼人の視線から目を逸らした。

彼の手でシャツのボタンを外され、前をはだけられるのを、息を詰めて待つ。あらわになった胸にふれられ、水季はびくりと身体を縮《ちぢ》めた。

頼人の手の感触に、鼓動がいっそうばくばくしはじめる。それを知られるのが恥ずかしかったが、頼人にはそんなことはどうでもいいようだった。

「……さわりもしないうちから勃《た》ってたみたいだな」

「あ、え……？」

「ここ」

頼人はやわやわと指で乳首を捏《こ》ねてきた。

「あっ……！」

初めての刺激に、水季は仰《の》け反る。身を捩《よじ》って逃げようとしてしまう。

「や、やめ、そこ」

「何してもいいんじゃなかったのかよ？」

頼人は失笑した。

「なのに、この程度でやめろって？」

水季ははっと口を噤《つぐ》んだ。

——何されても文句なんか言わねーし、なんでも言われたとおりにするから……！

自分でそれを選んだのだ。やめろとか、嫌だとか、絶対に言うわけにはいかない。たとえどんなひどいことをされたとしても。

頼人は乳首に唇を落としてくる。

「ふぁっ……」

その途端、水季は自分でも信じられないような嬌声《きょうせい》をあげてしまった。

(嘘だろ、こんなところで……)

羞恥《しゅうち》というよりは戸惑いを覚える。こんな小さな乳首なんかで、反応してしまうなんて。

頼人は喉で笑った。

「男にさわられても、気持ち悪くはないみたいだな。てゆーか気持ちいいみたい？」

もともとゲイの素質、あったんじゃないの？

揶揄われ、歯嚙みしながらも、愛撫されれば身体は勝手に反応した。

「ひぁあっ――」

ざらりとしたなま温かい舌で舐《な》め上げられ、ずくん、と下半身にまで重く響いた。刺激自体は勿論、頼人の舌にじかにふれられているのだと思うとたまらなかった。片方は舌で、もう片方は指で摘《つま》んで苛《いじ》められ続け、水季は腰が浮き上がりそうになるのを必死で堪《こら》えた。

「そ、そこ……っ」

「何？」

「ん、ん、ん、あっ……！」

「乳首、そんなに気持ちいい？」

「……っ……」

水季はふるふると首を振った。

乳首から唇を離して欲しいと口にしそうになるのを、何度も呑み込む。頼人の言うとおり、女でもないのに、そんなところがどうしてこんなに敏感なのかと思う。感じすぎておかしくなりそうだった。腰にこごる快感を、どう散らしたらいいのかわからない。

男っていうのは、こんなところをこんなにも執拗《しつよう》に愛撫するものなのだろうか。い平らな胸、小さな突起を舐めるのが、そんなに楽しいものなのだろうか？

「は……っ」

反のも声を殺せないのも恥ずかしくて、それでも、いや、とは言えない。言葉を呑に、水季は何度も首を振った。

「何

「も

「僕

押されて、水季は頷いた。

「

「

「いのか、わかんね……」

人は、違う意味にとったようだった。

自こんなにしといて、気持ちよくないとか言う？」

でぴんと弾《はじ》く。

」

ちゃって」

揶揄《やゆ》するような、促すような響きに、恐る恐る視線を落とせば、こりこりに凝《しこ》った自分の乳首が目に飛び込んできた。真っ赤に染まり、唾液にまみれてぬらぬらと光っている。今まで意識して見たことはないとはいえ、いつもの見慣れたそことは明らかに違った姿になっていた。大きささえ違っていたかもしれない。──頼人に弄《いじ》られたせいで。

「ココで感じまくったんだろ？　女の子みたいだよな」

「っ……」

指先でまた転がされ、水季は息を詰めた。

当然ながら、ゲイの頼人にとって、女みたいだというのは褒め言葉ではないだろう。むしろ興ざめだと言いたいのではないか。

（くそ……）

じわりとあふれてきそうな涙を堪えて、水季は彼を睨めつけた。

「……俺じゃなくて、おまえがだよ……っ」

「俺？」

それでようやく頼人は、水季の言った意味を理解したようだった。そして唇で笑った。

「面白いよ、反応がいいからねえ」

膝《ひざ》で軽く股間を擦り上げられる。それだけで、水季はまた嬌声をあげてしまう。

「んあっ──」

水季はようやく、自分が勃起《ぼっき》していることに気づいた。

(男のくせに、乳首なんか弄られただけで……)

羞恥と裏腹に、意識すれば欲情はいっそう昂《たか》ぶる。赤く染まり、痛いほど凝った尖りを更に苛められればよけいだった。

いつもなら、勃起したら擦って簡単に終わらせるのに、今はそれができない。頼人の視線の下で、自分のものを扱《しご》くなんて。

(そんなとこ、もし見られたら……)

恥ずかしくて死んでしまう、きっと。

けれどもそう思うのに、想像した途端、下腹がさらに重苦しくなるのだ。更に乳首を弄られ、そこへ伸びてしまいそうな手を自制するため、水季は必死でソファの端を摑んだ。

「あ、あっ、ふぁっ……あぁっ――」

死にたくなるほど甘い声が、部屋に響いていた。

下をさわりたい衝動に堪えていると、ますます熱が凝《こご》っていくようだった。水季のものは窮屈なズボンの中で、痛いくらい勃っている。その布の圧迫感さえ、気持ちいいと感じてしまうほどだった。

少しでも感覚を逃がそうとするいやらしい動きは、けれどすぐに頼人に見つかった。

「凄いいやらしくくねってるけど」

「そんな、……っ」

「俺の脚に擦りつけてきてただろ」

「えっ……」

指摘され、思いあたって、はしたなさに全身が熱くなる。乳首だけで硬くして、しかもそれを頼人の脚に押しつけて勝手に気持ちよくなっていたなんて。

「そんなに下、さわって欲しい？」

耳に囁《ささや》いてくる。

そこを思いきり擦って、達《い》かせて欲しいと思わないわけがない。けれどもとても口には出せなかった。水季はただふるふると首を振るばかりだ。

「そう？」

気を抜けばまた頼人の脚に擦りつけてしまいそうになって、必死で我慢して、それでもどうしても腰は揺れる。

「前、自分で開けろよ」

と、頼人は命じてきた。

「前……って……っ」

自分で性器を晒《さら》してみせろということだ。嫌だ、とまた口にしかけ、それを呑み込んだ。

震える指を、ズボンの前にかける。焦ると上手くいかず、布地が動いて茎《くき》に擦《こす》れるのさえ性感に繋がった。感じていることを隠そうとしても、呼吸が乱れるのはどうにもならない。

ファスナーをじわじわと下ろす。その音が妙に淫らに響いて、腰のあたりがぞわっと浮き立つ。

「……んっ……」

開き終えた途端、押さえつけられていたものが勢いよく飛び出すのがわかった。それだけでもたまらなく恥ずかしいのに、

「へぇえ、白のブリーフか。カワイイの穿いてんね」

などと頼人は揶揄うのだ。

「こんなになってんのにさわって欲しくないって、Mっ気あんじゃね？　下着の上までぬるぬる」

「……嘘……」

「嘘なわけないだろ。ほら」

布越しに、付け根から先端のほうまで、指先で裏筋をなでてくる。

「ぁあぁっ――」

ずっと求めていたそこへの直接的な刺激に、目が眩《くら》んだ。下着の上からさわられたにもかかわらず、たしかにぬめる感触がある。それどころか、じゅぷっと、またあふれたのが自分でもわかってしまった。

快感の余韻《よいん》と恥ずかしさと、焦れったさで、荒い呼吸がおさまらない。

「乳首、弄っただけでねえ……」

「……るさい……っ」

「……見せてくれる？　下着も自分で捲って」

「……」

言われるまま、水季は下着の縁に手をかけ、そろそろと捲っていった。

「……っ」

しなりきり、濡れそぼった性器があらわになる。そのいやらしさに、自分自身のものながらとても直視できず、目を逸らした。見慣れたはずのものが、いつもとはまるで違って見えた。それでも、頼人の視線が注がれているのだけは、痛いほど感じられていた。羞恥で全身が発火したようだった。

（見られてる……俺の……）

たいして立派でもないものが、目一杯張りつめているさまを。

滅茶滅茶に恥ずかしくて、でも同じ男に見られて、何故こんなにも羞恥を覚えなければならないのかとも思う。これまでだって日常生活の中で、見たり見られたりということはなくもなかった。あれと同じと考えれば平気なはずではないのか。――けれどどうしても恥ずかしさを殺すことはできず、何故頼人の視線だけがこうも痛いのかと思う。

（いや……だって勃ってるから）

言い訳のように、水季はそう思う。こんなになっているところを他人に見られるのは、これが初めてのことなのだ。

そっと覗えば、頼人は舐めるような目でそこを見つめていた。またずくんと腰に熱が溜《た》まる。

「恥ずかしい？」

「……ぁっ……」

「いやらしいな。濡れちゃって」

そう言われた途端、また先端からとろりと雫《しずく》が漏れた。

（や……だめだ、なんで……っ）

止めようとしても、自分ではどうにもならなかった。そこはびくびくと震えてさえいて、消えてしまいたいくらい恥ずかしい。

頼人はすっと目を細めた。

「……男に見られて、感じるんだ？」

「か、感じてなんか……っ」

「へええ、そう」

無理のありすぎる否定に、頼人は笑った。水季は涙目で睨みつける。

「……っ、するなら、さっさとすればいいだろ……っ」

「じゃあ遠慮無く」

自棄《やけ》のように声を荒げると、頼人は遠慮なくそこへ手を伸ばしてきた。

「んあぁぁ……っ！」

握り込まれただけで、全身が痺《しび》れるような快感が駆け抜けた。頼人はそのまま巧みに扱き上げてくる。

「あっ、あっ、あっ、あぁ……っ」

すぐにでも達してしまいそうになるのを、水季は必死で堪えた。他人の手で達かされることに、激しい抵抗があった。

「気持ちいい……？」

「んっ……」

問いかけられ、なかば朦朧《もうろう》となりながら、こくこくと水季は頷く。

（自分でするのと全然違う……っ）

頼人の手が根もとから先端に向かって擦り上げるたび、瞼の裏で小さく星が弾ける気がした。

ただ擦ってるだけみたいに思えるのに、自分の手と何が違うのかと思う。

「あぁっ、あっ、んっ、んぅっ……！」

先の部分まで親指でなでられ、喘《あえ》ぎを止めることができなくなる。

「そんなにいいんだ？　どこが？」

「あ……どこって……」

問いの意図がわからず見上げれば、頼人は薄く笑っていた。

「おちんちん擦られて気持ちいい、って言ってごらん」

「……えっ……」

水季は声を呑んだ。卑猥《ひわい》な言葉に、かっと頬が熱くなる。なかば無意識に首を振ってしまう。

「嫌なの？」

「……っ……」

嫌、は言わない約束だ。頼人が言えというなら、命令には従わなければならない。たとえどんなに恥ずかしい言葉でも。

「……う……」

水季はそのとおりに口にしようとして、けれどもできなかった。

「ほら」

頼人は手をすべらせ、促してくる。

「あああ……っ」

（……擦られて、気持ちいい。……凄く……っ）

言えないのは、それがそのまま事実だからだ。言葉が卑猥であるというのとは違う意味でも、激しい羞恥を伴《ともな》う。

「なんでもしてくれるんだろ？」

けれども頼人は追い打ちをかけてくる。

突きつけられれば、水季に拒否権はなかった。

「ち……」

何度も口を開きかけ、躊躇った。視界にそそり勃った自らのものが映り、ぎゅっと目を閉じる。

「……ち、ちん、……擦……っ、気持ちい……っ」

口にした瞬間、腰のあたりがぞわりと震えた。……出るかと思った。

水季は乱れた呼吸を呑み込もうとし、できなかった。

「……えろいこと言ったら感じるんだ？」

「ちが……っ」

「違わないだろ？」

揶揄われ、泣きたいような気分になる。

「……ッ、変態……っ」

思わず口をついて出た。——こんなセリフを言わせて喜んでいるなんて。

「ああ、そんなこと言うんだ？」

頼人は小さく笑った。

「すぐイキそうなくらい感じてるくせに」

言い当てられ、水季は更にいたたまれない気持ちになった。こういうことに慣れた男には、相手の身体の状態を把握《はあく》するくらい朝飯前《あさめしまえ》なのかもしれない。

「出しちゃえよ」

頼人はまた指を使いはじめる。無意識に抗《あらが》おうと手を伸ばしたが、軽く払われた。

「……っ、ああ……っ」

やめろ、と思わず言いかけ、水季は口を噤んだ。それは言ってはいけない言葉だった。

「あ、……めだ、も、……あぁ……っ」

「出すとこ見せて」

水季は首を振った。

ますます無理な要求だった。そんな恥ずかしいところを見られるなんて、とても堪《た》えられないと思う。

でも気持ちよくて、このままされ続ければ長くはもたないだろう。それどころか、もう。

「だったら、もっと苛めるよ?」

「……やだ……っ」

言ってはならない言葉を、水季はついに口にしてしまった。

それでも頼人は手を緩めてはくれない。それどころか無言のまま水季を追いつめ、次第に動きを早めさえするのだ。

「や……ああ、はぁっ、あぁぁ……っ」

目の前がちらちらと白くなる。

男同士でセックスするということは、こういう行為のことなのだろうか。頼人は恋人ともこういうふうにセックスするんだろうか？

「うー……」

そう思った途端、ぼろっと涙が零れた。無意識に我慢していたのか、一度零れると止まらなくなる。

「……水季」

頼人が戸惑《とまど》ったように水季の名前を呼んだ。

「……つやだ、も、や……、ぁあん……っ」

もう自分でも何を言っているのかわからない唇を、ふいに塞《ふさ》がれる。

「っ……」

舌を吸い上げるのにあわせて扱き上げられ、ついに堪えきれず、水季は頼人の手の中で、自身を解き放った。

達したのと同時に、気を失っていたようだった。

目を開けた途端、ソファの傍に立って自分を見下ろしている頼人の姿が飛び込んできて、記憶はあっという間に戻ってきた。

(こいつの手で、達かされて……)

なのに、どろどろになっていたはずの身体は妙にすっきりとしている。そのことに却って違和感を覚え、ふと自分を見下ろせば、乱れきっていたはずのシャツもズボンもすっかり綺麗に整えられていた。

頼人が服を着せてくれたのだろうか。自分で着たのではない以上、そうとしか考えられない。身体を拭いてくれたのも……?

「あの……」

状況が把握できずに問いかければ、頼人は言った。

「……大丈夫、みたいだな」

「あ、ああ……」

「だったら、シャワー浴びてくれれば?　そんで今日はもう寝ろよ」

「え……?」

何を言われたのか、よくわからなかった。

「でも……あの」

「ん？」

「あ……あれで終わりじゃないんだろ？」

言った途端、顔がまた熱くなった。

「ああ、それくらいはわかるんだ？」

「そりゃ……」

男同士の行為について詳しくないとはいえ、さすがにあれで終わりではないことぐらいは、水季にもわかった。乳首と、下をさわられただけで、

——ここを使うんだよ……！

と言っていたところを使っていない。第一頼人はまだ射精《しゃせい》してさえいないのに。

「けど、もういいから」

「えっ……？　いいって」

どういうことなのかと、水季は動揺せずにはいられなかった。

「な、なんでだよっ？　なんでやめるんだよっ」

問い詰めようとし、はっと思い出す。

（最後、俺、いやだって言った……）

約束を破ってしまった。でもあれはつい口を吐いて出てしまっただけで、本当にやめて欲し

かったわけではないのだ。

「お……俺なら大丈夫だから……っ」

「……って、おまえね……」

「いや、って言ったのは本気じゃなくて……っ、それとも何か気に入らないことがあったんなら」

頼人は軽くため息をつく。

「そういうわけじゃねーよ。ただ、やるだけとか、やっぱ無理だってことだよ」

わけがわからなかった。というより、わかりたくなかったのかもしれない。

「……どういう意味だよ……？」

「だから……」

頼人は目を逸らし、傍のテーブルに軽く腰掛ける。ケースから出した煙草《たばこ》を咥《くわ》えて火を点け、ため息のように煙を吐き出した。水季は頼人が煙草を吸うところを、初めて見た。

「俺の好みは、顔も中身もいい子だって言っただろ。別にもてないわけじゃなし、そんな貧《ひん》弱《じゃく》な身体、わざわざ取引してまで抱く必要ねーんだよ。それに、おまえ重たそうだし、一度やったら死ぬまで祟られそうだからなぁ」

「なっ――」

あまりの言われように、頭が沸騰するかと思った。

「どうしてもっていうんなら、据《す》え膳《ぜん》食ってやらねーこともないけど。抱かれたかった？」

「……っわけないだろ……!!　この野郎、言うに事《こと》欠いて……っ」

怒りのあまり泣いてしまいそうだった。水季は思わず頼人に殴りかかろうとしたが、左手だけでは襟首を摑むことしかできない。

「ここまでしておいて、なんだよその言いぐさ……!!　涼真のことはどうなるんだよっ、やり逃げするつもりかよっ……！」

「人聞きの悪い。楽しませてやったのはこっちのほうだと思うけど？」

「……っこの……っ」

言葉が出てこなかった。たしかにさわられて気持ちよくなったのは水季だけで、頼人は達してさえいないのだ。

そう思った瞬間、水季は反射的に動いていた。頼人のズボンに手をかけ、ファスナーを下ろそうとする。

「うわ、ちょっ――」

頼人は水季の手を摑んでやめさせた。

「逃げんなよ、人がせっかく」

「そんな形相《ぎょうそう》で、なんかされても怖いだけだって……！」

「じゃあどうすればいいんだよっ」

最後は泣き声になる。取引を終えられなければ、頼人に協力してもらうことができない。それに、こんな途中でやめられて——

（……いや、それは別に、いいんだけど……！）

「諦めれば？　——って言っても、聞かねえんだろうな」

「当たり前だ……っ」

頼人はため息をついた。

「途中までとはいえ、手ぇ出しちゃったのは事実だからな。その腕のこともあるし——」

ちら、と包帯を巻かれた水季の腕に視線を落とす。

「責任とって引き受けてやるよ、あの子のこと」

「え……？」

そうくるとは思わずに、水季はひどく驚いた。

「ほ……本当に？」

「……ま、役得なんじゃね？　あの子可愛いし。落としたら、そのままつきあっちゃってもいいかもな」

「——……」

そのセリフを聞いた途端、ずっと痛かった胸が更に苦しくなった気がした。

（畜生、どうして）

「ん？」

言葉が出てこない水季を、頼人は怪訝そうに見つめる。

「あ、いや……、わかればいいんだ」

「えっらそう」

呆れたように頼人は言った。本当は感謝の言葉を述べるべきだろう。そう思うのに、出てこなかった。

「さっさと風呂いって、流してくれば？」

促され、ようやく自分の身体の状態を思い出す。

水季は逃げるようにバスルームへと駆け込んだ。

4

風呂からあがり、ベッドへもぐり込んでも、なかなか眠ることはできなかった。

（……とにかく引き受けてくれたんだし）

と、水季《みずき》は思おうとする。

頼人《らいと》にかかれば、あの子を落とすくらい朝飯前《あさめしまえ》だろう。

何しろ容姿端麗《ようしたんれい》で面倒見もいいし、芸能人だし金もある。口説くのも上手そうだし、セックスも——他とはくらべようがないが、たぶん上手だと思う。

（途中までだったから、よくわからないけど）

これで涼真からあの子を引き離すことができる。

男に最後まで犯《や》られることもなく済んだし、すべてが上手くいったのだ。

そう思うのに、何故こんなにも心が沈んでいるのだろう。ひどい言われようにむかついたのは勿論《もちろん》だが、それだけではない重苦しさが胸に溜まっている。

――だから……俺の好みは顔も中身もいい子だって言っただろ

頼人の言葉が、何度も脳裏《のうり》を巡《めぐ》っていた。

つまり好みでもない相手とは、身体の関係だけでも持つのは嫌だということだ。

――そんな貧弱《ひんじゃく》な身体、わざわざ取引してまで抱く必要ねーんだよ

思い出すと、何故だか心臓がずきずきして泣きたくなる。

（どうしてこんなに痛いんだろう）

それがなんなのか、水季にはわからなかった。

（悪かったな。遊びで抱く価値もなくて）

たしかに肉付きは悪いし、されるがままになっていただけで、自分からは何一つできなかった。いわゆるマグロというやつだ。最後に自分からしようとはしてみたけれど、思いきり拒否された。

まったく楽しめなかったと言われても、自分でも当然だと思わないわけにはいかなかった。

――ま、役得《やくとく》なんじゃね？　あの子、可愛いし。落としたらそのままつきあっちゃってもいいかもな

（くそ……）

あの子とは、最後までするんだろうか。あんなふうに乳首や下をちょっとさわるだけじゃなくて、もっと……。

「……っ……」

眠りに落ちかけると、頼人の手や唇の感触に邪魔《じゃま》された。

身体が熱を持ち、でも処理するのは躊躇《ためら》われた。そんなことをしたら、頼人との行為を思い出して昂《たか》ぶっているのだと認めることになるからだ。ふれる価値もない貧弱な身体だと、彼は言ったのに。

結局、その夜はほとんど眠ることができなかった。

そのせいか、翌朝目が覚めたときには、十時を過ぎてしまっていた。

(二十七年間、毎日七時に起きてきたのに……)

この家に居候《いそうろう》をはじめてからだって、出勤するわけではないので目覚ましはかけていなかったものの、それでもちゃんと起きていたのに。

こんなにも簡単に習慣というのは破られるものなのだろうか。

軽いショックを受けながら、身支度《みじたく》を調《ととの》える。顔を洗い、寝間着を洋服に着替えてダイニングへ向かうと、低く囁《ささや》くような頼人の声が漏《も》れ聞こえてきて、心臓がどくりと音を立てた。

(え……誰かいる?)

囁きはどこか甘くて、もしかして彼の恋人でも来ているのかもと思わせる。

(いや……まさか。今つきあってる人はいないって言ってたし、いたら昨日みたいなことはしないだろ……?)

妙《みょう》な緊張《きんちょう》を覚《おぼ》えながらそっと覗《のぞ》けば、けれども頼人はひとりだった。

（なんだ……）

力が抜けた。

頼人は、冊子状のものを手に持って、読んでいた。近づけば、それが台本だとわかる。ページの端《はし》には書き込みがあり、何度も捲《めく》ったのだろう、紙はだいぶ傷《いた》んでいるようだった。

甘く聞こえたのは、セリフだったらしい。そういえば、食事中の他愛もない会話の中で、もうすぐ映画のクランクインだと聞いたことを、水季は思い出した。

（やっぱ役づくりとか、真剣にやるんだな……）

もうだいぶ見慣れたはずの横顔が、いつもよりずっと格好よく見えた。今までちゃらけたような表情しか見ていなかったけれど、こういう一面もあったのかと思う。

（そうでなきゃ、何年もトップスターじゃいられないよな）

集中しているためか、頼人は水季に気づかないようだ。声をかけるのが躊躇われて、水季はその姿を見つめたまま立ち尽くした。

（……昨日は俺にあんな変態みたいなこと、したやつなのに）

それとこれとは無関係ではあるのだが、なんだかちょっと詐欺《さぎ》にあったような気持ちになる。

（いつ、上映するのかな……？）

一緒に行く相手もいないから、水季はもう何年も映画館に行ったことなどなかった。でも頼人の映画が上映されるときには、一人でもきっと見に行こうと思う。その頃にはもうすべてが片づき、頼人とは見ず知らずの他人のように、なんの関係もなくなっているかもしれないけれども。

ふと、頼人が顔を上げたのは、そのときだった。目が合った途端《とたん》、心臓がはねた。けれども狼狽《うろた》えたのは、水季ばかりではなかったらしい。頼人は一瞬、目をまるくし、ばつが悪そうに台本を置いた。

こんな表情も、水季にとっては初めて見るものだった。

「なんだよ、声かけろよな」

「あ、ああ……」

「それとも、見惚《みと》れてた?」

そう揶揄《からか》ってくる彼は、もういつもと同じ顔に戻っていた。なのに直視することができず、水季はさりげなく目を逸《そ》らす。

「ねーよ、ばか。……おまえ、仕事は?」

「コーヒー飲んだら出ようと思ってた。朝飯つくってあるけど、食う?」

「……食う」

密《ひそ》かに胸を押さえながら、水季はなんとか答えた。

促《うなが》されてテーブルに着くと、頼人が冷蔵庫からサラダと牛乳を出してくれた。オーブンでパンを焼きながら、オムレツの皿にかかったラップも外してくれる。その指が、ひどく艶《つや》めいて見えた。

（……あの指で……）

と、思わずにはいられなかった。

水季のぶんの用意が終わると、頼人は自分のコーヒーを入れ、向かいの席に座った。

「……いただきます」

食べはじめてはみたものの、喉《のど》が詰まる感じでなかなか飲み込めない。美味《おい》しいはずの頼人のオムレツまで、なんだか味を感じなかった。

（……塩が足りないのかな）

手を伸ばすと、ちょうど同時に、すぐ傍にあったミルクに手を出していた頼人の手とぶつかった。

「わっ」

水季は小さく声をあげて、思わず引っ込める。かあっと頬《ほお》が熱くなる。ささいなことなのに、ひどく動揺《どうよう》してしまう。

塩が倒れてテーブルを転《ころ》がり、床に落ちた。それを頼人が拾い、顔を上げた。

「……おまえ」

水季の顔を見て、くすりと笑う。

「俺のこと、好きになった?」

「なな、何言ってんだよっ、あるわけないだろ……!」

　ますます心臓がばくばくする。

「じゃあ、何意識してんの?」

「なんだよ、意識ってっ」

「してるだろ。おまえ今日、俺の顔見ないし」

「だっ、だからなんだよっ。見たくないから見ないだけだろ……!」

「へえ、そう?　じゃあ見ようと思えば見れるんだよな?」

「当たり前……」

　皆まで聞かずに、ふいに頼人の指が顎《あご》にふれてきた。伏せていた顔を、くいと持ち上げる。

キスでもするときみたいに。

「うああっ」

　その途端、昨日のキスを思い出し、ますます真っ赤になった。

　頼人は噴き出す。

「これだから童貞ちゃんは」

「わ、悪かったなあ!」

「へ……、ほんとに女も初めてだったんだ?　そりゃなんというか……ごめんな?　って言うべき？」

「知るかよっ！　この色魔っ」

青筋《あおすじ》を立てる水季に対して、頼人は笑っている。

「朝から働き者の俺様に向かって、そんなこと言っていいの？」

「なんだよ、働き者って」

頼人は携帯を取り出すと、いくつか操作をして、水季に見せた。アドレス帳のようだった。

「……羽角冬和《はすみとわ》……？」

名前を見て、はっとする。

「これって……！」

「そう」

涼真《りょうま》の結婚相手の名前だ。

頼人は携帯をしまった。

「さっそく今朝のうちに携番ゲット。頼りになるだろ」

「——……」

水季は自然、苦虫を噛《か》みつぶしたような顔になる。たしかに、さすがに早い。頼りになる、と言ってもいいのかもしれない。

けれど、昨日は水季にあんなことをしておいて、次の朝にはもう別の相手を口説きはじめたなんて。

自分が頼んだこととはいえ、理不尽《りふじん》な憤《いきどお》りを感じてしまう。

たいしたことはされていないとはいえ、身体を弄《いじ》られ、散々喘《あえ》がされただけでも、水季にとっては一生忘れられないくらいの出来事だったのだ。けれども頼人にとっては、本当に軽い悪戯《いたずら》だったらしい。

そう悟《さと》ると、自分だけが意識しているのがばかみたいに思えてきた。

きっと頼人は、あれくらいのことは誰にでもしているのだろう。なんだかむかつくけれども、そんなにも「軽い」行為だったにもかかわらず、引き替えに水季の頼みを聞いてくれたのだとすれば、むしろラッキーだったと思わなければならないのかもしれなかった。

コーヒーを飲み終わると、頼人は出かけていった。


水季に会社からの呼び出しがあったのは、そんなある日のことだった。水季が行かなければどうにもならない案件だった。

水季は、早朝まだ頼人が眠っているうちに、家を出た。

昼頃に仕事を終え、ついでに一度自分のアパートへ寄って、当座の着替えなどを少し持ち出す。

（必要なのかどうか微妙《びみょう》なんだけど……）

涼真の件が解決に向かっているのかはともかく、頼人との約束の期限もあるし、会社を休めるのも今度の土日までだ。車を持っていない水季にとって、頼人の家から会社へ通うことは困難である以上、どっちにしても休みが終われば引き上げざるをえない。

（今日、木曜日……。あと四日）

指折り数えて、ため息をつく。

そして再び、水季はエンゲイジヒルズへと戻ってきた。

折しも午後の一番暑い時間帯だ。前回学習して、ペットボトルの水を飲みながら来たとはいえ、坂を登りきり、ゲートをくぐった頃には汗だくになっていた。

（やっぱタクシー使えばよかったかも……）

財布にゆとりがないとはいえ、けちるのではなかったと後悔しても、途中で都合よく拾えるはずもない。後の祭りだった。

照りつける日差しの中、とうに空《から》になったペットボトルを捨てるため、ゴミ箱に歩み寄ろうとして足もとがよろける。

（やば……）

これはもしかして、ただの疲労《ひろう》ではなくて、貧血《ひんけつ》か何か起こしているのではないだろうか。

そこまで体力がないわけではないつもりだが、この頃あまり眠れていないうえに今朝は早朝から起こされて、寝不足だったのが効いているのかもしれない。

（……どこか座れるところ……）

周囲を見回すが、首を動かした途端、さあっと視界が暗くなり、それどころではなくなってしまった。

平衡《へいこう》感覚を失い、いつのまにか水季は石畳の上に膝《ひざ》をついていた。そのまま顔を上げられず、意識は薄くなっていく。

「――か？」

遠く誰かの声が聞こえたのは、そのときだった。

「……大丈夫ですか？」

「……」

大丈夫です、と答えたつもりが、声にならなかった。

「困ったな。どこか涼しいところで休んだほうがいいかも……。立てますか？」

やわらかい声に問いかけられ、どうにか小さく頷《うなず》いた。

声の主《ぬし》に肩を貸してもらい、導《みちび》かれるままによろよろと歩く。連れていかれたのは、木陰のベンチだった。

気がつくと水季は、鬱蒼《うっそう》と茂る木の下で、誰かの膝を枕《まくら》に横になっていた。

「気がつかれました？」

「あ……ああ」

「よかった」

ぼんやりと瞼《まぶた》を開ける。そして自分を覗き込んでいる青年と目が合って、水季は飛び起きた。

「あ、そんな急に起き上がっては……」

「……っ」

その途端、また眩暈《めまい》を覚える。

「大丈夫ですか……？」

「ああ……」

額《ひたい》を押さえて答えながら、そろそろと再び目を開けてみる。

（やっぱり……）

青年の小作りの顔はやわらかく整《ととの》って、やさしかった。なのにどこか憂《うれ》いを帯びて、涼真といくつも違わないだろうに、ずいぶんしっとりと落ち着いて見える。

涼真の恋人――否、結婚相手の青年だった。

（名前はたしか……冬和）

水季は呆然《ぼうぜん》と彼の顔を見上げた。

「……？」

相手――冬和は、首を傾《かし》げる。水季の顔を知らないようだった。

（当然か……）

水季が相手の顔を知っていたのは、双眼鏡で覗くなどという下品な真似《まね》をしてきたからだ。面と向かって顔を合わせたことはないのだから、涼真が写真を見せていない限りは、知らなくて当然だった。

（こんなところで会うなんて）

いや、お互いこの街に住んでいるのだから、さほどありえない偶然《ぐうぜん》とも言えないのだろうか。

「あの……？」

「あ、いや……別になんでも」

不思議《ふしぎ》そうな顔をする冬和を、適当にごまかす。彼はいつのまに買ってきていたのか、缶の烏龍茶《ウーロンちゃ》を差し出してきた。

「これ、よかったら」

「あ……でも」

「遠慮《えんりょ》なさらず」

邪気《じゃき》もなく微笑《びしょう》され、断るのも変に思われそうで、水季は素直に受け取った。それに何より、きんきんに冷えて汗をかいた缶が、とても美味しそうに見えたのだ。

一度口をつけてしまえば一気だった。

やはり軽い脱水症状を起こしていたのだろう。飲み干すと生き返ったような気がした。

「……ありがとう」

「いいえ」

相手はまたやわらかく微笑する。

――やさしくて、でも芯《しん》が強いんだ
水季は涼真の言葉を思い出す。

(……たしかに、そんな感じだ)

涼真が彼に惹《ひ》かれたとしても、なんとなくわかる気がした。

見ず知らずの男が道端で倒れていたからと言って、声をかけて看病《かんびょう》してくれる人間が、いったいどれだけいるだろう。水季自身、躊躇わずに同じことができるかどうか、そのときになってみないとわからない。

(いい子なんだろうな)

と、思わないわけにはいかなかった。涼真のためとはいえ、彼を騙《だま》すような真似をしていることに、水季は罪悪感を覚える。

「……あ、烏龍茶代」

「いいですよ、それくらい」

「助けてもらったうえに、そういうわけにはいかないから……！」

水季は財布から小銭を出して、彼に押しつけた。ささいなことでも、もう借りはつくりたくなかった。

そのときふいに、彼の左手の薬指に光る、細い銀色の指輪が目に飛び込んできた。

「あ……それ」

思わず声に出してしまう。涼真との結婚指輪に違いなかった。

彼の頬が、かすかに色づいた気がした。

「……このあいだ、式を挙《あ》げたんです。この街の教会で」

「……」

おめでとう、と言うべきだ、と思う。こういう場合、見ず知らずの人間でも祝いを述《の》べるのが自然の流れだ。

けれども水季は、どうしても口に出せなかった。

「向こうはもともとゲイというわけではなかったし、まさか結婚できるなんて思わなかったんですけど……」

水季の葛藤《かっとう》に気づかないようすで、彼は言った。

(そう……涼真はゲイじゃないのに)

「なのに、どうしてあなたと、……?」

結婚する気にまでなったのだろう。

涼真はきっと、相手に誑《たぶら》かされたのだと主張してきた。けれどこうして実際、本人と顔をあわせてみれば、何か少し違う気がした。人を誑かすようなタイプではないような。

(いや……詐欺師《さぎし》だってそれらしく見えたら商売にならないんだから)

「さあ……どうしてでしょう」

彼は目を伏せる。その視線の先には、結婚指輪の輝きがある。涼真の指にも、これと同じものが嵌《は》まっているのだろうか。

「そんなことはたいした問題じゃないとあの人は言っていましたが」

「……」

水季はさりげなく指輪から目を逸らした。

「相手は、どんな……?」

ふと思いついて聞いてみる。この子から見た涼真は、いったいどんな男なのだろうかと。

「……素敵な人です」

と、彼は答えた。

「私にはもったいないくらい。明るくて、格好よくて、やさしくて……」

表情の変化には乏《とぼ》しいけれども、本当に涼真のことを大切に思っているのが、なんとなく伝わってくる。

(この子も、本当に涼真のことを)

だとしたら、頼人が彼を口説こうとしても、簡単にはいかないかもしれない。自信たっぷりな頼人が振られるところを想像すると、ちょっと溜飲《りゅういん》が下がる思いはするけれども。

（ザマミロ……ってわけにはいかないだろ、涼真からこの子を引き離さないと）

水季の企《たくら》みも知らず、冬和は続ける。

「きっととても大切にされて育てられたんだろうと思うんです。だから、きっとこんなまっすぐな、素敵な人になったんだろうって」

「――……」

冬和の言葉に、水季はひどく狼狽《ろうばい》した。

両親に死なれてからというもの、必死になって涼真を育ててきた。どんなに大切に思ってきたかしれない。

でもそんなことは誰もわかってくれないと思っていたし、それで別にかまわないと思っていた。

なのに、涼真をよく知る人間に、自分の苦労や愛情を認めてもらって、胸が詰まって言葉が出てこない。

「……この街はいいですよね。堂々と好きな人との結婚指輪をして歩けて、こうしてたまたま会ったかたに自慢までできる」

水季のことを、この街にいる以上、ゲイだと思って疑《うたが》っていないのだろう。彼はそう言って

微笑した。

水季は、なんと答えたらよいかわからなかった。

たしかに外の世界は苦労が多いだろう。そのことには同情するが、それこそが水季が二人を祝福できない理由でもあるのだ。大切な弟を、やはり茨《いばら》の道には進ませたくないと願う。

(相手が涼真でなければ、彼のしあわせを祝福できるのに)

「……だいぶ顔色がよくなってきましたね」

と、彼は言った。

「歩けるようなら、よかったら家までお送りしましょうか?」

「あ、いや……そこまで世話になるわけには」

水季は慌《あわ》てた。送ってもらったりしたら、斜向《はすむ》かいの家で暮らしているのがばれてしまう。

「……もう少し休んだら、ぼちぼち帰るから」

大丈夫、と水季は言った。

「本当にありがとう。助かった」

「そうですか。では、くれぐれも無理はなさらないでくださいね」

そう言って、彼は立ち上がった。

「では、またどこかで会えるといいですね」

「ああ」

彼は軽く頭を下げて、歩き去る。

本当に、こんなふうに出会ったのでなければ、友達になれたかもしれなかったのに、と水季は思った。人と話すのが上手くない自分にしては、めずらしくふつうに話すことができたのに。

お互い同じ街にいれば、また偶然巡り会うこともあるだろう。けれども自分は、彼と涼真の仲を裂《さ》こうとしている人間なのだ。親しくなれるわけがなかった。しかも水季はこの街に住んでいるわけではなく、数日後には出ていかなければならない。

複雑な胸の痛みを感じながら、水季は彼の華奢《きゃしゃ》な後ろ姿を見送った。

そしてやがて見えなくなると、再びベンチに横になる。

（いい子だったよな……）

それにどこか憂いがあって、それなりの苦労をしてきたのだと感じられた。

だからこそ、水季が（とは知らないはずだが）涼真をどんなに大切に育ててきたのかをわかってくれたのだと思う。

――きっととても大切にされて育てられたんだろうと思うんです。だから、きっとこんなまっすぐな、素敵な人になったんだろうって……

涼真をよく知っているはずの人間からそう認められて、凄《すご》く嬉しかった。思わず泣いてしまいそうになるほどだった。

なのに、そんな子のしあわせを、自分が奪《うば》おうとしている。

できることなら、今からでも頼人に中止を頼みたかった。

（……でも、そうすると涼真は？）

世間から後ろ指をさされる暮らしから、抜けられないままになる。それはやはり水季にとって、許容《きょよう》しがたいことだった。

いっそ冬和を口説き落としたあと、本当に頼人と冬和がつきあうようになれば、それぞれがしあわせになれて万々歳なのだろうか。

（それが一番、まるく収まる……？）

一度は水季自身、頼人に提案したことさえある案だ。なのに、それでよしという気持ちには、何故だかなれなかった。

（いや、だって……それはやっぱり……、あんなに涼真のことを「素敵な人」だって言ってくれたのに、頼人に口説かれたら簡単に乗り換えるっていうのは、やっぱ理不尽《りふじん》っていうか……）

そんなことを言える立場ではないのだが、心のどこかが拒否をする。

（でも、本当にそうなる可能性もあるかも）

――ま、役得なんじゃね？　あの子可愛いし。落としたら、そのままつきあっちゃってもいいかもな
頼人の言葉を思い出すと、一度は納《おさ》まっていた胸のむかつきが再び込み上げてきて、水季は

ぎゅっと目を閉じた。

「水季……！」

ふいに呼びかけられ、ぼんやりと考え倦《あぐ》ねていた水季は、はっと我に返った。視線を上げれば、頼人の顔が目に飛び込んできた。

「頼人……」

「何行き倒れてんの」

と、彼は微笑う。

「誰が行き倒れだよ。休んでただけだろ」

答えながら、身を起こす。木陰にはいい風が吹き、心地よかった。

「具合でも悪いのか？」

大丈夫かと問いかけられ、もしかして心配してくれているのだろうかと思うと、少しだけ頬が火照《ほて》る感じがする。

「……別になんともない。おまえこそなんでこんなとこにいるんだよ。仕事は？」

「今日は終わり。帰りに通りかかったら、おまえ見つけてびっくりした。死んでるかと思ったぜ」

見れば頼人の車が路肩《ろかた》に停めてある。このあたりは駐車禁止だが、一時停車は禁止ではないらしい。

「死んでねーよ」

「どっちにしても危ないだろ、こんなところでぼーっとして、万が一にも襲《おそ》われたりしたらどーすんだよ」

「襲われる？　金なんかたいして持ってねーよ」

「……ばか」

どういう意味だか、頼人はそう言って、水季の顔に手のひらでふれてきた。

「ちょ、ちょっ……」

「熱はないみたいだな」

なんのつもりかと思えば、体温を計ろうとしたらしい。

（なんだ……）

一瞬、焦《あせ》った。

先刻《さっき》は少し熱っぽかったが、休んでいるうちに治ったようだった。眩暈や貧血などの症状も納まっている。

「だから大丈夫だって言ってるだろ」

「大丈夫なら、買い出しに行ってから帰るつもりなんだけど、おまえも来る？」

「えっ？」

思わぬ誘いに驚いて、鼓動《こどう》が跳《は》ねた。

（……って、なんだよ、どきっとするような場面じゃないだろ？）

自分でもよくわからない反応だった。けれども体力も回復したようだし、考えてみればひとりで家にいても特にすることもない。退屈《たいくつ》なだけなのだ。

「ついでに、街を案内してやるよ」

ゲイの街を案内してもらってどうするのか、と思わないでもない。それでもこの街の美しさには惹かれるものがある。

「じゃ……じゃあ、しょうがないからつきあってやろうかな」

と、水季はちょっと勿体《もったい》ぶって答えた。

促されるまま、頼人の車に乗り込む。光沢のある車体は美しく、車内はゆったりとして、ナビシートに座った途端、後ろに仰《の》け反ってしまうほどだった。

意識のある状態で乗るのはこれが初めてだ。この車から頼人との関係がはじまったのかと思うと、運命のようなものを感じて感慨《かんがい》深かった。

「これが俺をはねた車か……」

「はねてねーって！」

歩けばそれなりにあるモールまでの距離も、車ならあっという間だった。

建物の裏にある駐車場に車を停め、中へ入る。小洒落《こじゃれ》た日用品の店を冷やかし、頼人が部屋着を買うのにつきあった。

「これとこれ、どっちがいい？」

と聞くから選んだのに、

「おまえほんとセンスないなあ」

などと言って、違うほうを買うのにむかつく。

「おまえにも何か買ってやろうか。下着とか」

「なっ、なんで下着なんだよっ？」

「だっておまえ、あのパンツはないだろ。百年の恋も冷めるって」

「な……っ」

このあいだの夜、水季が穿《は》いていた下着のことを言っているらしい。ただの白いブリーフだったが、そんなにださかっただろうか。水季に百年の恋――などは勿論していない頼人にとっては？

「ほっとけよっ、なんでもいいだろ、下着なんてっ」

「見てもらうあてがないもんな」

と、頼人は笑う。水季が怒ると、ますます楽しげになる。

「ほら」

剝《む》れる水季に、頼人は購入した袋の一つを差し出してきた。

「なんだよ?」

「下着。このまえ汚したお詫《わ》びに」

わざとのように耳許で囁かれ、かあっと体温が上がった。

「お、おまえなっ」

水季が歯を剝《む》いて怒っても、頼人は相手にしない。

「別に見せろとか言わないから」

「あっ、当たり前だっ!!」

それでも押しつけられると、つい受け取ってしまった。妙なものをもらってしまったと思いながらも、やっぱりなんとなく嬉しくもある。自分でもよくわからない気持ちだった。

店を冷やかしてまわりながら、いつものショッピングモールが、なんだか楽しい遊園地のように感じられるのが、水季には不思議だった。

——さあ、次行こうか
——あれ、どう思う?

促したり、意見を求めたりするときに、頼人は軽く肩を抱いてきたりする。そのたびにどきどきした。ようやくまともに顔を見られるようになったのに、ふれられるのにはまだ慣れない。

（いつまでも、あのときのことを引きずりすぎだって……！）

そう思うのに、自分ではどうにもならなかった。

誰に対してでも口説くような空気をつくってしまうのと同じ、頼人にしてみれば、深い意味などない。それはわかっているのに、まるでデートのエスコートをされているようで。

（ゲイでもないのに、なんで）

たぶん、頼人がたらしなのがいけないのだろう。水季は責任を彼になすりつける。

「うわ……っ」

通りかかったレンタルショップの前で、水季は思わず声をあげてしまった。

店の正面のガラス壁《かべ》全面に、頼人のポスターが貼ってあったからだった。

「…………」

（そういえば、芸能人だったんだよな……）

主演映画がレンタル開始される程度のことで、一月《ひとつき》も前から全面広告を打たれるくらいの。

一緒に暮らしていると、ふだんは忘れているけれども。

水季は呆然と口を開けて見てしまう。いつものちゃらちゃらした顔でもなく、台本を読んでいたときの顔とも違う。コンゲームを題材に扱ったその映画の役柄のせいか、伊達眼鏡《だてめがね》が似合って、知的で、なのに視線が色っぽい。

「何、見惚れてんの」

ふいに声をかけられ、水季はひどく狼狽えた。

「ち、ちが……っ」

慌ててごまかそうとするのを、頼人は面白がって笑う。

「あの……御代田《みしろだ》頼人さんですよね」

ちょうどそのとき、見知らぬゲイのカップルが声をかけてきた。

「やっぱり！　あの……大ファンなんですけど、握手《あくしゅ》してもらえますか⁉」

「喜んで」

頼人は気さくに答え、カップルそれぞれの差し出す手を握る。

「ありがとうございます……！　えっと……ところで、そちらのかたは彼氏さんですか？」

「あっ、いや、俺は」

水季は慌てて否定する。カップルのもう片方が、片方を窘《たしな》めた。

「ちょっと、失礼でしょ。……あの……よかったらサインもいただけます？」

頼人は求められるままにサインまでしてやった。急な話で色紙も何も持っていないということで、なんとバッグにだ。金具のマークには水季でさえ見覚えがあって、たぶん高価なブランド物なのではないだろうか。本当にいいのかと思ったが、おそろいのサインの入ったおそろいのバッグを抱えて、カップルは嬉しそうに去っていった。

（芸能人、なんだなあ……）

カップルの後ろ姿を見送り、なかばぽかんとして頼人を見上げると、

「中、見てみる?」

と、促された。

「う、うん」

ごまかすように、水季は率先《そっせん》して大股で店内へ入っていった。

「……ゲイを扱《あつか》った映画って、こんなにあったんだな……」

さすがというか、ゲイものの充実ぶりに、軽い眩暈を感じる。水季でさえ知っているような有名作品もあるが、聞いたこともないようなものも多かった。

先刻の店も、男の下着がずいぶん充実していたけれども、やはりあれもゲイの街ならではのことだったのだろうか。今さら気づいて赤面した。

「……AVが全部ゲイものだ……」

『ゲイの滴《しただ》り』『男教師』……タイトルを見ながら呆然と呟《つぶや》けば、

「見たい? 好きなの借りてあげるよ?」

「……わけないだろっ」

好奇心は、ないわけでもなかったけれども。

店の大きさに比例して、ゲイ関係以外のものも充実していた。それらを選びながら、ああだこうだと言いあうのは新鮮で、ひどく楽しかった。

友達らしい友達がいなかった水季にとっては、初めての経験と言ってもいい。涼真とも、そういえば一緒にレンタルショップへ行ったことはなかった。カラオケに行ったことも、映画館に行ったことも、ほとんどない。生活を楽しむような、ゆとりがなかった。

（……こいつとは真逆って感じだよな……）

頼人は、今までの恋人や友人たちとも、同じような時間を数限りなく過ごしてきたのだろう。そしてこれからもだ。

なんとなく不快になるのを、水季は振り払う。

その後も何度か、サインを求めるファンに遭遇《そうぐう》したが、頼人は気軽に応じてやっていた。

（スターの割には気取らないよな）

と、水季は思う。面倒じゃないのかと聞いてみれば、

「喜んでくれるし、これくらいならな。ストーカーみたいなのはごめんだけど」

まあ気取るような性格だったら、そもそも水季を家に置いてはくれなかっただろう。

モールを出ると、もう陽が翳《かげ》りかけていた。

散歩にはちょうどいいくらいの涼しさだ。メインストリートの両脇は遊歩道になっていて、小川が流れている。人工的なものだが、水があればやはり和《なご》んだ。

どこへ行くとも聞かないまま、頼人と他愛もない話をしながら並んで歩けば、いつの間にか公園へと辿《たど》りついていた。

園内は豊富な新緑が美しく、この季節にもかかわらず、花も咲き競《きそ》っていた。中心部には大きな池があり、蓮《はす》が浮かんでいる。

休憩《きゅうけい》しようとベンチに座り、顔を上げて、水季は小さく声を漏らした。

「あ……」

池の向こう側、公園の一番奥に、白く聳《そび》え建つ教会が見えたからだ。

涼真が式を挙げた場所だった。あの日、頼人の車にはねられなければ、水季は式の最中にあそこに飛び込んで、邪魔をしていたはずだった。

白く天へ突き抜ける尖塔《せんとう》に、水季は見惚れた。初めてここへ来た日、ゲートのあたりからこれを見て、ヴァルハラだと思ったことを思い出す。

(……やっぱり、式の最中に乱入するような真似は、しなくてよかったのかも)

いくら二人の仲を引き裂きたかったとしても、あそこはやはり神聖な場所なのだ。事故に遭《あ》って間にあわなくなったのも、運命だったのかもしれないと水季は思った。

「ほら」

頼人に声をかけられて、ようやく我に返る。

差し出されたのは、ソフトクリームだった。屋台《やたい》が出ていて、頼人が買ってきてくれたのだ。

「いくらだった?」

「これくらいは奢るって」

頼人は受け取らない。けれども不本意ながら下着も買ってもらったし、居候をはじめてからというもの、生活費を入れてさえいないのだ。

（今度、何か贈るとか……）

でも何を贈ればいいのだろう。頼人のセンスが満足するようなものなど、とても選べそうな気がしなかった。

並んで景色を眺《なが》め、アイスクリームを舐《な》めながら、水季は思案《しあん》する。

そうするうちに、ふと気づいた。

公園のたくさんのベンチが、すべて男同士の二人組で埋められているのだった。手をつないでいる者や、ぴったりと肩を抱きあっている者、膝枕をしている者もいる。周囲を気にするようすもなく、自分たちの世界に浸《ひた》っていた。

「……これ、全部カップルなのか……？」

わかりきっていることとはいえ、つい口に出して聞いてみれば、

「全部じゃないかもしれないけど、ほとんどはそうじゃね？」

と、頼人は答える。

「……だよな」

やはりここは、この街の男たちのデートスポットになっているらしい。

公園にいる数多《あまた》の男同士のカップルを眺めながら、水季はふと、考える。自分たちもカップ

ルに見えるのだろうかと。

（……見えないかもしれないな）

頼人の綺麗《きれい》な顔を見ていると、むしろ見える気がしない。先刻「彼氏ですか」と聞かれたのも、そう見えたからというより、まさかと思ったからだったのではないだろうか。

この街では男同士がつきあっていて当たり前とはいえ——否、だからこそ、つりあわない組み合わせでは恋人には見えないのではないか。何しろ、最後まで抱く気もしないほど貧弱な身体だと言われたくらいなのだ。

（……って、別にそういうふうに見られたいわけじゃないんだからな……！）

「気持ち悪い？」

「えっ」

ふいに予想外の問いを投げられ、水季ははっとした。そして改めて考える。

「いや……別に、気持ち悪くは」

非常識な光景だとは思うが、特に気持ち悪さはなかった。それに何故だか、このあいだのように頭を抱えたいような気持ちにもならない。

（まあ、もともと特別ゲイを嫌っていたわけじゃないけど）

水季が涼真の結婚に反対しているのは、涼真にしあわせになってほしいからだ。今、ゲイを恨《うら》んでいるのも、涼真のしあわせの障害になっているからにすぎない。

「そろそろ行こうか」

「ああ……」

促され、腰を浮かしかける。

水季が涼真の姿を見つけたのは、ちょうどそのときだった。

涼真は、彼のパートナーと一緒に、公園の池のほとりを散歩しているようだった。

「やば……見つかったら」

「距離あるから大丈夫だろ。おまえがこんなとこにいるなんて、考えもしてないだろうし」

「そりゃ……そうかもしれないけど」

「それにどう見てもあいつ、彼氏に夢中じゃん」

余所見《よそみ》する余裕《よゆう》なんてないって、と頼人は言った。むかつく話だけれども、たしかに彼の指《し》摘《てき》するとおりだった。

涼真は片手にいっぱいになったエコバッグを持ち、もう片方の手で恋人の手を握《にぎ》っている。

冬和には小さな手提げ一つしか持たせておらず、涼真が彼を大事に扱っているのが、そんなささいなことからも見て取れた。

「しあわせそうじゃねえ？　おまえも変なことやめて、祝福してやれば？」

と、頼人は言った。

「……でも」

「結婚式の招待状、送ってくれてたんだろ？　おまえが認めてやりさえすれば、仲直りできると思うけどね」

仲直り、という言葉に、強く惹かれた。それでも水季は首を振る。

「俺は涼真に、誰はばかることなく手を繋《つな》いで街を歩けるような、完璧《かんぺき》なしあわせを手に入れて欲しいんだよ」

それは自分と仲直りしてくれることより、水季にとって大切なことだった。

「手に入れてるじゃん」

「だから、女とだよ！　妻と子供がいて、誰にも後ろ指さされないしあわせな生活を……！」

「後ろ指さされない、ね……」

頼人はため息をついた。

「それってそんなに大事なこと？　好きな子を諦《あきら》めて、好きでもない子と結婚してでも、後ろ指さされないことが？」

「あ……あの子と別れれば、いつか女を好きになるかもしれないだろ……！」

「ならないかもな」

「なる……！　もともと普通に女の子が好きだったんだからっ。——そうしたら、相手もきっとあいつを好きになってくれる」

身びいきかもしれないが、涼真さえ別の子を好きになることができれば、きっと相手も彼を愛するようになると思うのだ。彼にはそれだけの魅力があると思う。

涼真にとって、今の恋愛が簡単に取り替えのきくようなものなのかどうか、冬和に会って以来、水季の確信は揺らぎつつあるのだけれども。

やれやれというように、頼人は肩を竦《すく》めた。

「両親と子供がそろってりゃしあわせ、っていうのも、ずいぶんおめでたいと思うけどね」

「え……？」

「なあ、弟のことばっか言ってるけど、おまえはどうなの？」

「どうって……」

「おまえもそういうしあわせを手に入れたいの？」

可愛い妻と子供のいる、誰にも後ろ指をさされないしあわせを？

そう問われ、水季は答えに窮《きゅう》した。そんなことは考えたこともなかったからだ。というか、女性にもてたことはおろか、女友達も（男友達さえ、だが）いたことがない水季は、最初から自分には無理だろうと思っていた。

「……俺のことはいいんだよ」

「どうして」

「だから俺のことはいいんだって……！」

ゲイとはいえ、相手はよりどりみどりの頼人には言ってもわからないだろう。

「今問題にしてるのは、涼真のしあわせだろ……！　おまえそんなこと言って、約束破ったらゆるさないからな……！」

頼人は再びため息をついた。

「あーあ。義兄の策略《さくりゃく》で無理矢理引き裂かれるなんて、あの子も可哀想に。せめて俺が精一杯しあわせにしてやろうかな」

と、頼人は涼真の隣《となり》の華奢な姿へ視線を向ける。

「えっ」

水季はつい声を漏らした。頼人はにやりと笑った。

「何？　妬《や》ける？」

「ばっ、わけないだろ……！」

狼狽をごまかすように、水季は怒鳴《どな》った。

「その調子で自惚《うぬぼ》れて、失敗しないようにしろよな……！」

「へーへー」

頼人は気の抜けたような返事を返してくるばかりだ。

視線を戻せば、いつも頼人の家の窓から見ていたのと同じに、涼真は冬和にあれこれと話しかけていた。飼い主にじゃれつく大型犬の子犬のようにも、親に甘える子供のようにも見えた。

そんなようすに、子供の頃の涼真の姿が重なって見える。

「……もっとかまってやればよかったな……」

水季はふと零《こぼ》した。

「十分かまってる……っていうか、かまいすぎみたいに見えるけど？」

「るさいなっ」

頼人の当てこするような言葉に、声を荒げる。

「生活するのに必死で……、涼真が子供だった頃から大学出すまで、仕事ばっかしてたんだ。あいつがこんなに早く、しかも男と結婚するなんて血迷ったこと考えたのは、寂《さび》しかったからなんじゃないかって……」

「……ご両親は？」

「俺が高校の頃、事故で……」

そうか、と頼人は言った。

「ずっと兄弟二人きりだったんだな」

水季は頷いた。

「涼真はまだ小学生だったのに、寂しい思いをさせてたんだよな……」

高校在学中からバイトをかけ持ちし、卒業と同時に就職した。安い給料で生活し、将来かかる涼真の学費を考えて貯蓄《ちょちく》までしていかなければならなかったから、残業はなるべく買って出た。帰りが遅くなる日も多く、もともと体力があるほうではなかったから、たまの休みは布団から起き上がれなくなった。そんな調子で、遊園地や旅行にもほとんど連れていってやったことはなかった。

「涼真を守るために働いてるつもりだったのに、いつの間にか本末転倒《ほんまつてんとう》になってたんじゃないかって……」

頼人は肩を抱いてくる。どくんと心臓が跳ねた。

「おまえの愛情は伝わってると思うよ」

「な……なんでそんなことわかるんだよ。涼真と喋《しゃべ》ったこともないくせに……っ」

「ないけどさ。いい子みたいじゃん。もともとストレートなのに、ゲイに偏見《へんけん》なく好きな男と結婚する、って相当まっすぐな性格じゃないとできないと思うよ。愛されて育ってないと、人間ってなかなかそういうふうにはなんないもんだろ？」

冬和に言われたのと、同じような言葉だった。

――きっととても大切にされて育てられたんだろうと思うんです。だから、きっとこんなまっすぐな、素敵な人になったんだろうって……。

「それだけ愛されて、伝わらないはずないって」

「……そうかな」

心が少し慰《なぐさ》められる。水季はじわりと涙ぐむ瞳を、さりげなくうつむいて隠した。

いつの間にか、すっかり日が落ちてしまっていた。先刻までの暑さはなりをひそめ、少し肌

寒さを感じるくらいだ。

「そろそろ帰ろうか」

公園を出て、水季は頼人と並んでゆっくりと歩いた。

涼真たちの姿は既に見えなくなっている。けれども遊歩道には、手を繋いで歩くゲイのカップルがほかにも何組もいた。

(どこもかしこも……)

ゲイの街だから当然とはいえ、うんざりするほどだった。なのに何故だかつい、しあわせそうに寄り添う男同士の姿に目を吸い寄せられる。

そのときふいに、頼人に手を摑まれた。

「うわっ」

思わず声をあげれば、頼人は失笑《しっしょう》する。

「なんだよ、『うわっ』て。羨《うらや》ましそうに見てるから、してあげたんだけど?」

「なっ……」

すぐには言葉が出てこなくて、水季はただぱくぱくと唇の開閉だけ繰り返した。

「う、羨ましいわけないだろ……!　放せよっ」

「どうして」

(は?　どうしてって)

「人が見るだろ……！」

「別に誰にもはばかることないんじゃない？　みんなやってるし」

たしかに、考えてみればゲイの街なのだ。男同士だという理由で人目を気にする必要はない。

（だからって、こんなの気持ち悪……くはないけど……）

むしろ肌寒さを感じる気温に、手の温《ぬく》もりが気持ちいい。

（……っていうか、なんか暑くなるっていうか）

鼓動が早くなるにつれて、体温まで上がってくるような気がする。頼人は平気そうなのに、自分だけがどきどきしているのがひどく理不尽で、胸が痛い。

（でも……こうしていれば、恋人同士に見えるのかな……？）

などと、水季はらちもなく考えた。

遊歩道には、相変わらずたくさんのゲイのカップルがいる。

ちょっと前まで見るだけでも鬱陶《うっとう》しさを感じていたのに、今はそうでもないのが、水季には不思議だった。

5

そして金曜日の夜。

この週末が終われば、水季は会社に復帰《ふっき》しなければならない。もともとの約束もある以上、頼人の家からも引き払わなければならない。

（でも、仕事を頼んであるんだから、たまには進捗《しんちょく》を聞きに来たりしても、変じゃないよな？）

その「仕事」がいつまでかかるのか、頼人が無事冬和を口説き落としてつきあうようになった暁《あかつき》には、自分たちの関係がどうなるのか、わからないけれど。

水季が、頼人の車で送られて帰ってきた冬和を見つけたのは、そんな悶々《もんもん》とした時間を過ごしていたときのことだった。

（あれは……！）

この頃はもう、斜向かいの家をオペラグラスで覗くような真似はしていなかったから、それに気づいたのは偶然だった。

カーテンを閉めようとして、窓の外を見た瞬間、斜向かいの家の前に止まる頼人の車と、傍に立ってウィンドー越しに彼と談笑する冬和の姿が目に飛び込んできたのだ。

何を話しているのか、二人はとても楽しそうに見える。

水季は慌ててリビングの窓に張り付き、ひさしぶりにオペラグラスを手にした。けれど楽しげに笑いあう二人の姿は見えても、話し声までは聞こえない。

（……くそ、何話してるんだよ……っ？）

気になってたまらなかった。

外へ出れば聞こえるだろうか。だが玄関を開ければ見つかってしまう。……裏口は？

水季は裏口から出て、身を屈《かが》めて表へ回った。そして前庭の生《い》け垣《がき》に身を潜め、枝の隙間《すきま》からそっと彼らを窺う。

「また食事つきあってくれる？　ほかにも美味《おい》しい店、いっぱい知ってるんだ」

「ええ、喜んで」

「今度は、こんなに早くは帰さないよ？」

「……悪いかたですね」

二人は目を見交わして微笑する。

頼人は、もう冬和と食事をするような仲になったのか。しかも既《すで》に、次はもっと先へ進む約束まで取りつけてしまった。

（なんて手の早い……！）

さすがに遊び人だけのことはあると呆《あき》れずにはいられなかった。水季が冬和を口説くように頼人に頼んでから、まだほんの数日しかたっていないのに。

それに、冬和も冬和だ。一応「人妻」でありながら――しかもあんなにも涼真のことを褒めていたくせに、頼人のような男に口説かれたらふらふらと――。

（……いや）

そもそも頼人に無理矢理冬和を口説くように頼んだのは、水季なのだ。それが成功しそうだからといって、怒るのは間違っている。

頼人が冬和を涼真から引き離してくれれば、涼真をまっとうな道へ引き戻せる。その後頼人と冬和がつきあうようになれば、彼らもしあわせになれる。何もかも上手くいくのだ。

だがそう思い直そうとしても、焼けるような不快感は消えてはくれなかった。

「水季」

後方頭上からふいに声をかけられたのは、そのときだった。

水季は思わず飛び上がる。振り向けば、呆れ顔で見下ろす頼人がいた。水季が懊悩《おうのう》しているあいだに冬和と別れ、車をガレージに納めてきたらしい。

頼人はため息をつく。

「おまえねえ、ちょっと怖いよ?」

「なっ、何が……っ」

「立ち聞き。張りついてんの、見えてたし。あの子は気づいてなかったと思うけど、いくら気になるからって」

「べ、別に気にしてなんか……っ」

反射的に言い返す。頼人はきょとんと眉を寄せた。

「……へ?」

「え……? あっ……!」

気にしている、と答えるべきだったのだ。冬和を口説けと言ったのは水季であり、その成果は気になって当然だった。それなのに水季は「気にしてない」と答えてしまった。

何を気にしてない、ふりをしたかったのか。──頼人と冬和の関係についてだ。語るに落ちた感じだった。

「……おまえ、もしかして……」

「な、何言ってんだよ……っ、そんなわけないだろ……!」

頼人に皆まで言わせず、水季は反駁《はんぱく》した。

「まだ何も言ってないけど。何がそんなわけないわけ?」

「……っるさいな……っ」

水季は激しく動揺《どうよう》しながら、必死でごまかそうとした。

「なんだっていいだろ、そ、それよか成果はどうだったんだよっ……!?」

「声かけて、食事して、車で送ってきたとこだよ。次は飲みにいく約束もした。この俺にかかればざっとこんなもんよ。可愛いな、あの子。綺麗な顔してるし、中身も賢《かしこ》くてやさしいし。おまえの弟が夢中になるのもよくわかるよ」

頼人のセリフは、水季の怒りをますます煽《あお》った。

「自慢するなら口説き落としてからにしろよ……！　食事するだけなら、友達とだってできるんだからなっ」

「ったく、可愛くないねえ、この子は。ちょっとは冬和ちゃんの爪《つめ》の垢《あか》でも煎《せん》じて飲んだら？」

その言葉は、水季の胸にじくりと突き刺さってきた。

こんな言葉に、どうして痛みを感じなければならないのか。

（……なんだ、……これ）

「——ま、食事以上の関係になるのも時間の問題だけどな」

「だったら……っ」

苛立《いらだ》ちをぶつけるように、水季は叫んだ。

「早く口説いてものにしろよっ！　いつ涼真から冬和を引き離せるんだよっ？」

「――どういうこと？」

その瞬間、植え込みをかき分ける音と共に降ってきた声に、水季は凍《こお》りついた。知りすぎるほどよく知っている声だった。

恐慌《きょうこう》と言ってもいい混乱の中で、そろそろと顔を向ける。

「……涼真……」

生け垣の向こうに、涼真が立っていた。

彼の住む家のすぐ近くで話していたのだ。聞きつけられても不思議はなかった。なのに、頭に血が昇っていて、気が回らなかった。

「……式にも来なかったし、あれから全然連絡もないから、ちょっとは心配してたのに……」

呆然と立ち竦む水季に、涼真は言った。

「何度か、兄さんに似た人を見かけた気がしたんだ。だけどまさかこの街にいるわけないと思ってた。……そしたら聞き覚えのある声がして……」

彼は冷たい瞳で水季を見下ろしている。

「俺から冬和を引き離すってどういうこと？」

「……それは……」

「この男に、冬和を口説かせてたってことだよね」

「涼真――聞いてくれ」

「信じられないやり口だよ、しかもどんなコネ使ったんだか、芸能人なんかに頼んで……!!　兄さんらしいといえば、このうえなくらしいかもしれないけどね……！」

涼真は水季の言い訳を遮《さえぎ》り、怒鳴《どな》った。吐き捨てるような言葉が、ぐさぐさと胸に突き刺さる。息もできないほどだった。

「それでもいつかはわかってくれるって信じてたのに……」

「……あのさ」

ずっと黙っていた頼人が、ふいに口を挟んできた。

涼真の冷めた瞳が、頼人へと向けられる。

「――あんたは水季の何？　まさか恋人ってことはないよね」

「違うけど」

「雇《やと》われただけの男に、口を挟む権利なんかないね」

涼真は切り捨てようとする。

「ちょっと待てって……！」

「なんだよ、邪魔しないでくれないか」

「たしかに恋人じゃないけどさ。この件、俺に頼む代償《だいしょう》に、水季は身体まで差し出したんだぜ」

「ちょっ――」

水季は慌てて頼人の言葉を止めようとしたけれども、間に合わなかった。

涼真の瞳が大きく見開かれる。彼はそのまま水季へと視線を戻す。

「それくらいあんたのことを思ってたんだってことは、知っておいてやれよな」

「――……」

言葉もなく、涼真は両手を握り締める。そして踵《きびす》を返した。

「兄さんとはもう兄弟じゃない。二度と俺と冬和の前に顔を見せないでくれ」

そう言い捨て、振り向かずに、涼真は歩き出した。


それからどうやって家の中に入ったのか、水季は覚えていない。涼真に絶縁《ぜつえん》されたことがショックで、何も考えられなくなっていた。

頼人の家にあった酒を片っ端から飲んだ。

「おまえ、いくらなんでも飲みすぎだって」

と、頼人が言うのも聞こえないふりで、缶を呷《あお》る。幸いというか、頼人の家には、来客用の酒がかなりプールしてあった。

「……もう、無理にあの子のこと、口説かなくていいからな」

水季はろれつの回らなくなった口で言った。そのことだけは、ちょっとだけよかったような気がするのが不思議だった。

「ああ……そのことなんだけどさ」

「なんだよっ」

何か言いたげな頼人に、水季は思わず声を荒げて遮る。やっぱり頼人は冬和をまだ口説き続けたいのか。

「別に口説きたいなら止めねえけど……！　おまえ気に入ってたもんなっ」

自棄《やけ》になって喚く。否定してくれるかと思ったのに、頼人はやれやれと肩を竦めただけだった。

「……死んだほうがましだ……」

ひどく落ち込んできて、水季は呟いた。

「涼真に嫌われた……」

「本気で嫌いになったわけじゃねーよ。いつか仲直りできるって」

「そんなこと、なんでわかるんだよ……っ」

「わかるよ。おまえが本気であいつのしあわせを考えてたってこと、俺は知ってるからね。あいつもいつかきっとわかってくれるよ。血の繋がった兄弟なんだろ」

慰めてくれる頼人に、水季はふるふると首を振った。

「……俺には涼真だけだったのに、あいつに嫌われたらもう生きていけない」

頼人はため息をついた。

「なんでそんなに弟にかまうのかねえ？　成人した男だぞ？」

「うるさいな……っ、たったひとりの弟なんだから、当たり前だろ……！」

「当たり前じゃねーよ。ふつう兄弟ってのは、たとえ仲がよくたってそんなにべたべたしたつきあいしねーもん。うちなんかここ数年、口もきいたことないくらいだぜ。むしろ気持ち悪いぞ。……もしかしておまえ」

「なんだよ」

「弟としてじゃなく、あいつのことが好きなのか？」

「はあ……!?」

水季は思わず声をあげた。

「そんなわけないだろ……！　なんでそんなこと言うんだよ……っ!!」

頭にきて、水季はばしばしと頼人の胸を叩《たた》いた。想定外すぎて、想像することを脳が拒否した。涼真は可愛い弟で、性愛の対象にはまったく思えない。

何故よりにもよって頼人が、そんなありえないことを言うのかと、憤慨《ふんがい》のあまりぼろぼろと涙が零れてくるくらいだった。

「ああ、もう、わかったって！　俺が悪かったから！　この酔っぱらい……！」

「うう……」

堰《せき》を切ったように泣きじゃくる。頼人は水季の両手をひと纏めに掴み、なだめるように背中を叩いてくれる。

「おまえなんかにわかるもんか……っ、俺は涼真のこと、母さんに頼まれてたのに……っ」

母親は病院のベッドで水季の手を握りしめ、何度も言ったのだ。

——涼真をお願い。あの子はまだ小さい。あの子を守ってあげて
何度も頼みながら、やがてその手からは力が抜けていった。あの感触を、水季は今も覚えているのだ。

「両親と子供がいる温かい家庭が一番なんだ、って母さんもずっと言ってた。両親が愛しあって子供をつくって、そうやって生き物は命を繋いでいくんだ、って。……実際、あの事故まではしあわせな家庭だったんだ。両親がいて、涼真がいて、いつも温かくて」

「ああ」

「だけど両親の死後、葬式《そうしき》の手配やなんかしててわかった。——おまえ、前に俺と涼真が似てないって言ってただろ」

「……言ったっけ？」

「それもそのはずだ。……俺、養子だったんだ。戸籍《こせき》見てわかった」

「え……」

「言われてみると、うっすら変な記憶があるんだよな。母さんじゃない女の人に罵《ののし》られてる……父親に似て目つきが悪いとか、可愛げがないとかさ。あれ、実の母親だったのかも」

けれども水季はそのときまで、両親が実親ではないなんて、思いもしなかったのだ。

「……本来得られなかったはずの、温かい家庭を俺にくれたのは、涼真の両親だったんだ。……涼真にもああいう家庭をもたせてやりたかった。だけど」

両親を失ったあとの生活は、まだ高校生だった水季にとって、並大抵なものではなかった。

「……子供だけの家庭は、やっぱいろいろ白い目で見られることが多かったんだ。親がいない子は礼儀がなってないとか、物がなくなったりすると疑われたり、いつも影でこそ言われてた。何かあれば、いつ引き離されて、涼真を施設に入れられてもおかしくない状況だったから、一生懸命後ろ指さされないように気を張ってたけど、そうすればしたで可愛げがないって言われたり……」

今思えば、たしかに自分は可愛げのない子供だったのだろうけれども。

「……もうああいう暮らしは、涼真にはさせたくないのに……！　俺は涼真をしあわせにすることで、両親に恩返ししないといけなかったのに……」

なのに、自分は失敗してしまった。

涼真は、子供に囲まれた家庭を持つことができない。兄弟二人で暮らしていた頃より、きっとたくさんの後ろ指をさされることになる。

頼人は、水季の髪を撫でてくれる。

「……おまえの気持ちはわかるよ」

と、彼は言った。

「でも、しあわせって主観だから」

「主観……？」

「本人がしあわせだって感じてなかったら、はたからどう見えようが、しあわせじゃないってこと。両親と子供がそろってないとしあわせじゃないってことはないだろ。逆にそろってても不幸なこともあるし……。その『かたち』だけを目指して、不幸になることも」

「……？」

頼人の言う意味がわからず、水季は首を傾げる。

「外野から見て羨ましいほどしあわせそうでも、本人はどうだかわからない。逆もまた然《しか》り……。ゲイにも割といるけどね。世間体のために女性と結婚して、結局離婚したり、それなりになんとかやって子供もできても、男と浮気ばっかしてたりとか……。それで本人がしあわせかっていうと、人によるだろうな。──おまえ、もし俺が女の子と結婚したら、どう思う？」

水季は、はっと顔をあげた。問いの意図がよくわからず、頼人が女性と結婚するという想像に、頭がぐらぐらした。

「ど、どうって……っ、別にどうも……っ」

「しあわせになれると思う？」

「え……っ？」

ああ、そういう意味の問いだったのかと水季はようやく理解した。一瞬、何か別の意味に取っていたような気がする。けれども突っ込んで考えたくなかった。

「おま……ゲイのくせに、そんなのゆるされるとでも……っ」

頼人は噴き出した。

「ま、しあわせにはなれないだろうな。周囲から非の打ち所のないしあわせそうな家庭だって思われて、羨まれても、自分がしあわせじゃなかったら意味がないと思わない？」

「……けど涼真は……たぶんゲイってわけじゃ……」

反論する声は、我ながら力弱いものになる。

「でもあの子のことが好きなんだよ。後ろ指さされてもいいから、あの子と一緒に暮らしたいと思ってるんだ」

「そんなの、いつまでも続くかどうかわからないだろ……っ」

「それはどんな結婚でも一緒だよ。たとえ失敗しても、自分で選ばなかったらきっと後悔する。……おまえの弟も、取り替えのきかない相手だと思ったから男と結婚までしたんだろ？　それを無理矢理引き裂いて、将来もっとしあわせになれる相手を見つけられるものかどうか……」

「でも母さんは……っ」

頼人の言葉が理解できないわけではない。けれども母の遺《のこ》した言葉が、水季を縛《しば》る。

――両親と子供がいる温かい家庭が一番なの。愛しあって子供をつくって、そうやって生き物は命を繋いでいくんだもの……

「……ちょっと変なこと言うけど」

ふいに頼人は言った。

「え？」

「人にもよるだろうけど、俺の場合ね。役者ってのは、台本もらったら、まず役に感情移入して解釈《かいしゃく》するところからはじまるんだよ」

「ああ……？」

前振りをされたとおり、いったいなんの話がはじまったのかと思う。頼人は続けた。

「だから、俺がおまえのお母さんの役をやるなら、こういう解釈をするかな、って話」

「俺の母さんの役、って……」

「事情は知らねーけど、おまえのお母さんは多分おまえのこと、実の母親かその身内から引き離して引き取ったんじゃねーの？　そうするのが正しいって思ったからだろうけど、それでも罪悪感はあっただろうな。だから……『両親そろった家が一番』と自分に言い聞かせることで、それを拭《ぬぐ》ってた」

「……罪悪感……？　あんなに分け隔《へだ》てなく育ててくれたのに？」

両親が、どういう事情で自分のことを引き取ってくれることになったのか、水季は知らない。今となっては聞きようもないし、調べようとも思わなかった。実の親が今生きているのかどうかさえ知らない。

けれども可愛がってもらったし、それだけでなく悪いことをすれば叱《しか》られた。本当に実の子と同じように育ててもらったのだ。

「それはおまえから見た場合だろ。お母さんから見れば、別の景色があったのかもしれないってこと。……あと、愛しあって子供をつくって命を繋いでいくっていうのは、おまえに言い聞かせてたんじゃないかと思うんだ」

「……俺に？　どうして？」

「子供のころ虐待《ぎゃくたい》を受けてると、トラウマが残るって言うだろ。だから、愛に臆病《おくびょう》にならないように、っていう呪文《じゅもん》」

「——……」

今まで思いもしなかった考えだった。鱗《うろこ》が落ちるような気持ちで、水季は目を見開く。

勿論、頼人の解釈であって、当たっていると決まったわけではない。けれども彼に言われると、何故だかこれが正解に違いないような気がしてくるのだ。

言葉もない水季に、頼人は少し照れたように続けた。

「……つまり何を言いたいのかっていうとさ、亡くなったご両親も、涼真と、そしておまえのしあわせを願ってる、ってことだよ」

「涼真と俺のしあわせ……」

「だけど今のままだと、おまえは弟がしあわせになるのを邪魔する障害でしかないよ」

その言葉は、水季の心に深く刺さった。

（障害……）

がっくりと肩を落とす。どちらにしても、涼真には絶縁《ぜつえん》されてしまったのだ。涼真のしあわせのために水季がしてやれることは、もう何もないのかもしれない。

「……あいつには、もう俺なんか必要ないんだ」

またじわりと涙ぐむ。

「……あのさ」

その頭を再び抱き寄せながら、頼人は言った。

「子供の頃、おまえが世間の冷たい風から守ってやったから、あいつは後ろ指に傷ついたり恐れたりしないで、まっすぐに育ったんだろ？　育ての親の過干渉に引っ張られることもなく自立できてるし、いい男になったんじゃないの？」

「頼人……」

「おまえの子育ては成功して、終わったんだよ」

（そうか……）

そういうことなのだろうか。別に無駄になったのでもなんでもなくて、終わった、のだということ。

「じきに仲直りして、今度は大人同士の兄弟としてつきあっていくことができるようになるから」

「……そうかな」

「ああ」

頼人は力強く頷いた。

「だから、おまえはおまえで、自分がしあわせになることを考えないと」

「……俺が……？」

——亡くなったご両親も、涼真と、そしておまえのしあわせを願ってる、ってことだよ。

先刻の頼人の言葉が耳に蘇《よみがえ》る。

「そう。恋人つくるとかさ」

「……っ、俺なんか」

もともと人に好かれるたちではないし、何しろ実の弟にさえ愛想《あいそ》を尽かされたほどなのだ。

そんな自分を、誰かが好きになってくれるとは思えなかった。

「そんなに自分を卑下《ひげ》すんなよ」

「……だけど、どうせ俺のことなんか……っ」

水季自身は、卑下しているつもりはなかった。事実を言っているつもりだったからだ。

「……おまえだって嫌いなんだろっ……」

「そうでもないよ」

「……嘘《うそ》だ」

これまでの経緯《けいい》からしても、水季は頼人にろくなことをしていないし、ろくな面を見せていない。好かれるわけはないと思えた。

けれども頼人は言った。

「……まあいろいろあったけど、おまえなりに本気で弟を大事に思ってて、しあわせを願ってるからこその無茶なんだよな。それがわかるからかな、おまえのこと嫌えないのは」

「え……？」

思わず顔を上げれば、頼人はさりげなく目を逸らす。わざと視線を合わせようとしない頼人を見るのは、これが初めてのような気がした。

（なんで……）

心臓が音を立てる。けれども、嫌いじゃないと好きのあいだには大きな溝《みぞ》がある。

「……俺、ゲイのこと散々悪く言ったし……」

涼真をゲイにしたくなかっただけで、ゲイ自体を悪く言ったつもりはない。だがそう取られてもしかたのない言いようだったと思う。

「でも反省してるだろ?」

「う……」

水季は頷いた。

「それに、あの子を口説けって無理矢理頼んだり。……あ、でももう口説かなくていいからな?」

どっちにしても、ばれてしまってはどうにもならないだろう。涼真から冬和にも話は伝わっているはずだった。

「役得だって思ってたんなら悪いけど」

「そうだな」

その答えに、水季はつい目くじらを立ててしまう。頼人は笑った。

「そんなわけないだろ。何度も言ったけど、新婚家庭を壊《こわ》す趣味なんてないって」

「……それに事故を盾《たて》にとって居座ったりとか」

「まったくひどいやつだよな」

頼人は否定もしてくれない。

「わ……悪かったな……っ」

「いやいや」

にやにやと笑いながら、頼人は水季の手を握った。

「でも、けっこう楽しかったから」

楽しかった、と頼人は言ってくれた。

毎朝頼人のつくってくれた朝ご飯を食べること、家事をして褒めてもらうこと、くだらない言い合いをしたり、一緒に買い物や散歩をしたり、互いに選んだＤＶＤを、文句を言いながら並んで見ること。他愛もない毎日が、凄く楽しかった。

そう——水季もずっと楽しかったのだ。

頼人も同じように感じていてくれたのだろうか。

涼真の件は終わってしまったけれど、これからも友達、のようなものとして、たまにでも会ったり、することはできないだろうか。

「……お……俺も楽しかった」

せめてその気持ちを伝えたくて、うつむいたまま呟けば、頼人の指が顎を持ち上げてきた。

「それはよかった」

彼は微笑し、唇にふれるだけのキスをする。

水季の頭の中は、真っ白になった。

「な、ななななんだよ、今の……っ」

「キス。このまえもしただろ？」

思い出して、ますます顔が熱くなる。あのときは混乱していて、何をされたのかさえよくわからないほどだった。水季にとって、初めての経験だった。この歳になるのに、あのときまで水季はキスさえしたことがなかったのだ。

「お……俺のこと、好みじゃないって言っただろ……!?」

「やっぱ、そうでもなかったのかも。けっこう可愛いし……」

頼人は水季の髪に指を差しいれ、頭をなでた。

「好きでもなかったら、こんなに一生懸命夜中までつきあうと思う？　放って寝てるって」

「……す、すき?」

信じられないような言葉に、息が止まるくらい鼓動が高鳴る。夢を見ているみたいだった。半信半疑のまま問い返せば、背中を強く引き寄せられた。

「好きだよ」

唇を塞《ふさ》がれる。今度はふれるだけではすまなかった。驚いて開いた口の中に、頼人の舌が忍び込んでくる。

「ん、んん……っ」

怯えて縮《ちぢ》こまる水季の舌をつつき、捉えて、絡める。それだけで、ぞくぞくしてたまらなかった。ソファに押し倒され、水季は押し返そうと頼人の胸に手を突いたけれども、いつのまにか彼のシャツを掴むばかりになっていた。

酒のせいで朦朧《もうろう》として、現実との区別がつかなくなっているのかもしれないと思う。でも、だとしてもかまわない。

（夢でもいい）

放したくなくて、躊躇いながらもそろそろと手を伸ばす。頼人の背中を抱き締める。

「……水季」

唇を離し、頼人が見下ろしてくる。

「――ベッド行こうか」

額を合わせて、彼は言った。


頼人の部屋へ入るのも、勿論ベッドへ横たわるのも、水季には、初めてのことだった。

広い空間の真ん中に、二人で寝ても余るほどの大きなベッドがある。

ここに寝るのは何人目だろうと水季は思ったけれども、何度もキスされれば、すぐにものを考えられるような状態ではなくなった。

「あ……」

耳や首筋にも口づけられ、びくりと身を縮める。こういう行為は、この前はまったくされなかったことだった。頼人の手でシャツをはだけられる。

「ひさしぶりだな、乳首ちゃん」

などとふざけたことを言って、軽くくちづけてくる。

「な、何言ってんだよ……っ」

以前乳首をいじられたときの懊悩を思い出すけれども、今度は上衣ばかりではなく、下にまで手が伸びてきた。

「やっ……」

無意識に押し退《の》けようとした水季の手は、やんわりと剝《は》がされる。ズボンの前をあけられれば、下着越しにもはっきりとわかる、既に芯を持ったものが頭を覗かせた。

このあいだはそのまま握られて擦《こす》られたけれども、今日はそれでは済まないらしい。

「腰、浮かせて」

と、頼人は言った。脱がそうとしている意図を悟《さと》り、水季は左右に首を振った。

「ちょっとだけ」

けれども耳許で甘く囁かれれば、ふらふらと言うことを聞いてしまうのだ。僅《わず》かに尻を上げると、頼人はご褒美《ほうび》のように頰にキスをくれた。

器用な手に、あっという間にズボンを脱がされ、シャツも剝ぎ取られてしまう。そして彼は、下着にまで手をかけてきた。

「や……っ」

また反射的に遮ろうとする水季に、頼人は苦笑した。

「ここまできて嫌なの？」

「う、……」

するのが嫌なのか、と頼人は問いかけてくる。水季は詰まった。

脱がされるのが恥ずかしくて、つい嫌だと言ってしまったけれど、それ以上のことは何も考えてはいなかった。いっぱいいっぱいだったのだ。

嫌だと言ったら、頼人はやめてしまうのだろうか？

（……そっちのほうがやだ……）

水季は初めてはっきりと意識する。やめて欲しくはないのだと。

そしてそろそろと自分の下着から手を放した。

「いい子だな。——好きだよ」

頼人は額にキスしてくる。その途端、きゅんと胸が疼《うず》いた。

下着を捲られ、あらわにされた性器は、まだ何をされたわけでもないのに興奮で既に勃《た》ちあがっていた。視線を感じて、恥ずかしくて消えてしまいたいような気持ちになる。

「こっちもおひさしぶり、かわいこちゃん」

と、頼人は先端にキスしてくる。

「ななな……っ」

一瞬で火が点いたように顔が熱くなった。しかもそのセリフはなんなのか。

「この変態……っ」

「ひでぇな、挨拶しただけなのに」

「そ、そんなとこにするもんじゃないだろ……っ」

揶揄ってくる頼人を睨みながら、それでも強《こわ》ばっていた身体からは、力が抜けたような気がする。

頼人は、そのまま水季のそれを咥《くわ》えようとした。

「あ……っ」

このまえは口でなんて、しなかったのに。

零れかけた、嫌、という言葉を、水季は飲み込む。

「はう……っ」

口内に包み込まれ、かわりに喘ぎ声が漏れた。

熱い舌が押しつけられ、絡みついてくる。陰茎《いんけい》を舐めまわされる初めての感触に、水季は身悶えた。

「あぁぁ……っん」

自分でもびっくりするような甘ったるい声をあげてしまい、慌てて両手で口を塞《ふさ》ぐ。

「ん、んん、……っ、ふぅ……っ」

（……気持ちいい）

おかしくなりそうだった。舐めてもらうのが、こんなに気持ちいいことだったなんて。

「っ、あっ、あぁっ――」

次第に口を押さえていられなくなる。悦《よ》すぎて辛いくらいだった。逃れたいのか、もっとして欲しいのかさえわからなかった。頼人の口内は温かく、ざらついた舌を押しつけられ、裏側から括《くび》れまでを喉で締めつけられると、促されるままに射精《しゃせい》してしまいそうになる。

「あぁ、あぁ、ひ、そこ、だめ、だっ……」

「ここ、好きなんだ？」

くぐもった声で問いかけられる。頼人が喋ると、不規則な舌の動きに、ますます追いつめられていった。水季は激しく首を振った。

「そこ、だめ、……だめ、あぁっ――」

だめだと繰り返すのに、頼人はやめてはくれない。じゅぷじゅぷと音を立てながら、追い立ててくる。

（我慢できない、……気持ち、よくて、もう）

頼人の口に出してしまう。――なのに、まだ保《も》つと思っているのか、頼人はどんなに訴《うった》えても唇を離してくれない。

「あ、あ、あぁぁ……っ！」

ひとたまりもなく、水季は達した。

「あ……はぁ……」

荒い呼吸はなかなかおさまらなかった。潤んだ視線を上げれば、頼人は水季の吐き出したものを飲み込んでしまったようだ。

（……嘘だろ）

意識すると、恥ずかしくて死にそうだった。

唇を拭いながら見下ろしてくる頼人と目が合って、慌てて真っ赤になった顔を隠そうとする。

「見んな……っ」

身体ごとシーツにうつ伏せれば、

「じゃあこっち、な」

「え……っ？」

頼人は囁いたかと思うと、水季の身体を腰だけ高く上げさせる。これはこれで滅茶苦茶恥ずかしい格好だった。

「ちょ、これ……」

「こっちのほうが楽だと思うからさ」

何が楽なのかさえよくわかっていない水季の後ろに、頼人の指がふれてくる。

「うあっ、……!?」

指は何か冷たいもので濡れていた。水季は思わずそこをひくりと窄《すぼ》めた。

「わかんないんだ？」

「んなわけないだろ……！」

意地を張って答えたけれども、頼人にはお見通しのようだった。

「ほんと、可愛いな」

頼人は尻のまるみにキスした。それだけの刺激にも、水季はぴくりと震えずにはいられない。後孔《こうこう》にあてがわれていた指が、ゆるゆると襞《ひだ》をたどるように動き出す。

「ひっ……」

「――ここに……水季の中に、入らせて」

水季はようやく、男同士はここでするのだという朧気《おぼろげ》な知識を思い出す。頼人のものを挿《い》れられるのだという実感を覚えた。

入り口をなぞっていた指が、やがて体内へ侵入《しんにゅう》してきた。

「あっ――」

水季は思わず声をあげた。

「……痛い？」

正直、全然痛くないというわけではなかった。違和感がひどくて辛《つら》い。でも我慢できなくはない。

動しはじめる。

身体の中まで頼人にさわられているのだと思うと、勝手に熱が上がってしまう。内部の腹側のほうを指の腹でなでられ、びくりと水季は背をひきつらせた。

「そこ、……やっ」

首を振り、シーツをぎゅっと握りしめる。

「あぁ……あ、あぁ……っ」

身体がびくびくするところを狙うように抜き差しされると、腰が揺れて止まらなくなった。

「気持ちい？」

「わ、かんな……っ」

「こっちは凄く気持ちよさそうだけどなあ」

頼人はふいに前へ手を伸ばしてくる。

「あぁっ――」

ひと撫でされた途端、痺《しび》れるような快感が走った。

「はぁっ……そこ、だめ……っ」

「気持ちいい、だろ？　ほら、自分でもさわってごらん」

手を取られ、そこへ導かれる。自分のものを握らされると同時に、水季の中を、指でぐち、と掻《か》き混ぜられる。

「んあぁぁ……っ」

手の中に先走りが漏れた。

「そこ、自分でしててもいいよ」

そんなの、できるわけがないと思った。想像しただけでも恥ずかしくて、シーツに頭を擦りつけて首を振る。

頼人は小さく笑った。

「じゃあ、一緒にしようか」

水季の手の上から、握り込んでくる。途端にずくんと快感が下腹を突き上げた。

「あぅ……あっ、あぁっ――」

茎《くき》の部分を扱《しご》きながら、中の指を増やされる。ただでさえいっぱいだったところが、更に広げられてしまう。

両方を一緒に刺激されて、水季はわけがわからなくなりそうだった。

「っ、あぁっ、あぁっ、はぁ、あ……っ」

「腰、　　っしく動いてるよ。猫みたいだな」

「っ、

「言われるの、好きみたいだけどなあ？　中、ぎゅってなった」

水季は首を振った。

「ちが、んなの、してない……っ」

「してるよ。今も、ほら。ここされるの、好きなんだ？」

「あっ——」

腰を揺らすのも、頼人の指を食《は》むのも、やめることができない。挿し入れられるそれを食い締めるたび、どろどろと先走りがあふれ続ける。

「あ、あっ、……だめ……っ」

自分で射精を止めようと、前孔を指で塞ごうとする。けれどそんなことができるはずもなかった。

「あ、あ、あぁぁ……っ」

自分自身と、頼人の手に包まれたまま、水季は二度目を極めた。

長い吐精《とせい》が終わると、膝が崩れる。下半身は溶けたようになっていた。頭は真っ白で、何も考えることができない。ぐったりと力を失い、荒く息を吐くだけの身体を、頼人が仰向けにひっくり返す。

「大丈夫？」

意味もよくわからず、ただやさしい響きに頷いた。

「ごめん。やっぱおまえの顔、見ていたい」

囁きながら、頼人は頬にキスしてくる。

「俺の挿れられてイくときの」

「ばか……っ」

恥ずかしいセリフに、ようやく頭が動き出す。

自分を見下ろす頼人は、少し上気して微笑を浮かべていた。

顔を見られるのは恥ずかしいが、逆に頼人の顔を見ることもできる。それは嬉しい。こんな行為の最中だからか、綺麗な顔をしているだけではなくて、ひどく淫《みだ》らにも見える。

頼人は水季の目の前で、服を脱ぎ捨てた。

着痩《きや》せするほうなのか、服の上からはスレンダーに見えていた胸板にはしっかりとした厚みがあり、腕にも筋肉がついている。初めて見る彼の身体だった。

水季の心臓がどくどくと音を立てる。

両脚を割り開かれ、抱えられる。そしてそこへ押し当てられたものを見て、水季は目を見張った。

「そ、それ……っ」

「うん?」

「無理なんじゃ……」

頼人は失笑した。

「おっきくて怖い？」

「……っ、自惚れんな……っ」

先端でつつかれると、散々慣らされたそこは、ぐちゅっといやらしい音を立てた。

「ひっ」

熱さと、指と全然違う感触を感じた途端、びくんとそこが竦む。

「凄くやわらかくなってる。……ぱくぱくしてるし」

と、頼人は更に強く押し当ててくる。

「なるべく痛くないようにするから」

とキスされると、ついこくりと頷いてしまう。怖いけれども、やめて欲しくはないのだった。

ゆっくりと先端が入り込んでくると、息ができないくらいの圧迫感に襲われた。

「う、あ……っ」

見たときからわかっていたこととはいえ、指とはまるで違う質量だった。

それでも少しずつ身体は拓《ひら》かれていく。

「……っ、っぅ……っ」

「……痛い？」

頼人が問いかけてくる。心配してくれているのだと思っただけで、少し楽になった気がした。

「肩に摑まる？」

促され、左手を頼人の肩へ伸ばす。摑まるというより、彼の身体にさわれるのが嬉しかった。

「ん……」

そのままぎゅっと抱きつく。胸がぴったりと重なるのが心地よい。

「可愛い……好きだよ」

「……っ……」

囁かれ、また埋められる。もう奥まですっかり届いて、いっぱいいっぱいになっているような気がするのに、挿入には終わりがないかのようだった。

「まだ……？」

つい口走れば、

「ごめん、もうちょっと我慢して」

「我慢……っていうか」

ひどく変な感じだった。指で解されたときと似ているけれども、ちょっと違う。いっぱいになって苦しいのに、切ないような、変な感覚。自分の肉筒が、ひくひくと動いて頼人のものに纏《まと》わりついているのがわかる。

「……気持ちいい？」

「……わけないだろ……っ」

そう答えたものの、ぼっと火が点いたみたいに頬が熱くなった。頼人は小さく笑い、腰を揺すり上げる。

「うん……っ」

ずくっと狭い場所を拓かれて、裂けるかと思ってしまう。

「ああ……！」

「……全部、入った」

耳許で、吐息とともに頼人が言った。

「……っ……」

嘘みたいだった。頼人のものが自分の中に全部入って、繋がっているなんて。

腰の奥で脈動《みゃくどう》を感じていると、なんだか泣きたいような気持ちになる。

「……大丈夫？　一度、抜こうか……？」

それをどう受け取ったのか、頼人は問いかけてくる。水季はふるふると首を振った。

「でも」

離れて欲しくなくて、水季はなかば無意識に、脚を頼人の腰に巻きつけ、しがみついていた。内壁が、きゅっと頼人の肉茎に絡みつく。そんなはしたないことを、わざとしようと思ったわけでもないのに。

気がついて、はっと止めようとしたけれども、自分ではどうにもならなかった。

はは、と頼人は小さく笑い、水季の肩に額を押し当て、深く息をついた。

（あ……）

もしかして頼人も、余裕がないほど興奮してくれているのだろうか。それでも抜こうとしてくれたのかと思うと、ふわりと身体が温まったような気がする。

「あっ――」

腰を深く抱えられ、揺すられれば、挟まれた前にも刺激があたえられる。裏側を引きしまった腹で擦りあげられると、わかりやすい快感に、腰が溶けそうになる。

「あ、あん、あぁ、あっ」

混じりあう痛みまで快楽に感じられた。抜き差しされるたび、中と外の両側から来る刺激に、押し出されるように声が漏れる。

「あ、そこ……っ」

先刻指で散々弄られたところだ。そこを先端で擦られると、たまらなくなって腰が浮き上がった。

「あぁっ、そこ、だめ、だ……っああっ、ああっ――」

翻弄《ほんろう》され、気持ちいい、ということ以外、何も考えられなくなる。わずかに残った理性で堪《こら》えようとすれば、ぼろぼろ涙が零れた。

「はあ、あ、あぁ、……っ」

「気持ちいい？」

「んっ……」

こくこくと水季は頷いた。

「気持ちいい、気持ちいい、だめ……っ」

何を口走っているのかさえ、もうわからなくなる。

「俺も」

「あぁ……っ」

深く侵入され、中で吐精される。その広がる感触を味わい、目の前が真っ白にはじけた。余韻《よいん》の中で、最奥まで受け入れた頼人のものを、びくびくと断続的に締めつける。そのたびにぼろぼろと涙が零れた。

「頼人……止まらない……っ」

達したのに、離したくなくて、身体が勝手に反応する。

「水季……」

俺も。と、頼人は再び囁き、水季の唇を塞いだ。

6

翌朝。

瞼《まぶた》を開けて、水季は自分がいつもとは違う部屋にいることに驚いた。頭には、身に染みて覚えのある痛みがある。二日酔いだ。

水季は額に手を当てて、強く押さえた。

じわじわと記憶が蘇ってくる。

涼真に企みがばれたこと。頼人につきあわせて、死ぬほど自棄酒を飲んだこと。そして、

（頼人と……）

ぼっと火が点《つ》いたように頬が熱くなる。夢じゃない。周囲を見回せば、たしかに昨夜連れ込まれたままの頼人の部屋だった。

（あいつは……？）

彼の姿は見えない。既に陽は高いようだし、出かけたのだろうか。今日は土曜日だが、彼の

仕事にはあまり曜日は関係ないのかもしれない。

（あ……でも、なんかメモが）

サイドテーブルに、ミネラルウォーターの壜《びん》を重石にして紙が置かれていた。水季は手を伸ばしてそれを引き抜いた。

――ごめん、仕事行ってくる。朝飯つくってあるから食べて

最後に、ハートマークとともに、「おまえの頼人より」と書いてある。

「ば……ばっかじゃねぇ!?」

ふざけてみたにしてもあんまりだと、更に顔が熱くなった。

自分の身体を見れば、あちこちに赤い吸われた跡がある。胸にも、腕の内側にも。自分では見えないけれど、首筋や鎖骨《さこつ》のあたりにもあるだろう。昨夜何度も頼人が口づけていたのを覚えているからだ。

思い出すと、ますます熱が上がりそうだった。

（出かけててくれてよかったかも……）

今は、きっと顔を見られない。水季は頼人が置いていってくれた水を飲んで、頭を冷まそうとする。

（……どうしてこんなことになったんだっけ……?）

涼真に絶縁されたことで、水季はずいぶんぐだぐだと愚痴《ぐち》を零した。

頼人は、水季の「子育て」は成功して終わったのだと言った。そしていつか仲直りできると何度も言ってくれ、彼にそう言われると、不思議とそんな気もしてくるのが不思議だった。

——おまえはおまえで、自分がしあわせになることを考えないと

両親もそれを希《のぞ》んでいるはずだと言われ、好きだと言われて、キスされて。

(……たしかに「好きだ」って言ったよな……?)

頼人がそう言ってくれたことに、水季はひどく驚いたのを覚えていた。そして今でも何か信じられないような気持ちでいる。

出会いかたはろくなものではなくて、決して好意を持たれてはいなかったと思う。なのに、相手に不自由しているわけでもない頼人が、どうして?

(……気持ちよかったし、優しくしてくれた、よな)

思い出すと、恥ずかしいのと同時に、たまらなくふわふわした気分になる。こんな気持ちは初めてだった。

頼人は、水季を抱き締めながら、何度も「可愛い」とか、「好き」とか言ってくれた。

(好き、なんて言われたの、初めてだ……)

なんだか地に足がつかない。

(そういうこと言われると、力抜けちゃうよな……)

変な格好をたくさんしたせいか、足許が多少よろつく。それでもどうにかダイニングへ降り

て、頼人がつくってくれた朝ご飯を食べた。オムレツや胡桃《くるみ》パン、サラダにはアスパラが入っていて、どれも一度は水季が褒めたものばかりだ。そのことに気づくと、唇が緩《ゆる》んだ。

そして風呂に入り、二日酔いもすっきりすると、夕飯でもつくってやろうかな、と思い立つ。

もうすっかり治ったが、最初のうち利《き》き腕が使えなかったのと、頼人がけっこう料理好きだったせいで、食事はほとんど彼につくってもらっていたのだ。そのお返しに、ちょっと腕を奮《ふる》ってみるのもいいかもしれない。特に上手なわけではないが、男所帯で十年も生活してきたのだ。それなりのものはつくることができる。

水季はショッピングモールのスーパーへ行って、奮発《ふんぱつ》して食材を買い込んだ。

メールの着信音が響いたのは、その帰り道のことだった。

(あ、頼人からだ)

ぱっと心が浮き立つ。けれどその気分は、文面を見た途端すっかり萎《しぼ》んでしまった。

――ごめん、仕事で遅くなる。御飯食べて帰るから

ため息とともに肩を落とす。

(……ま、仕事ならしょーがないよな)

少し遅くなっても、夜にはどうせ顔を見られる。

(――ってなんだよ、顔を見たいとか、別に……っ)

水季は誰にともなく言い訳する。

ともかく、これで急いで帰る必要もなくなったわけだ。歩を緩め、散歩するような気持ちで、暮れなずむ街をふらふら歩いた。

（……やっぱ、綺麗な街だよな……）

しかもいつも以上に景色が輝いて見えるのが不思議だった。

その風景の中には、たくさんのゲイたちが溶け込んでいる。目が慣れたのか、もう不自然さは感じなかった。手を繋いで歩く熊のようなゲイのカップルを見てさえ、自然と微笑みが零れるほどだ。変な気分だった。

（まあ……別に悪いことしてないもんな。誰にも迷惑かけてるわけじゃなし）

カップルが自分と頼人の姿に被《かぶ》って見え、気恥ずかしくなって、慌てて首を振る。何を考えているのか。

（でも……）

ふと、水季は思うのだ。

ゲイのカップルを見て、あんなにも苛立ちを感じたのは、勿論ゲイが涼真を誑かす敵に見えたからではある。

けれどもそれだけではなくて、思いあう二人のしあわせそうな姿に、無意識に嫉妬《しっと》していたせいでもあったのではないかと。

自分にはそういう相手がいなかったし、かつていたこともなかった。これからできることもないだろうと思っていた。だから本当は羨ましくて羨ましくてたまらなかった。それを認めたくなかったから、嫌悪《けんお》しているようなふりをしていたのではないか。

そして今、微笑ましく思えるのは、自分にも……。

「あっ……！」

そんなことを考えながら、何気なく遊歩道に面したカフェレストランへと視線を向けて、水季は思わず声をあげた。

やわらかなシャンデリアの灯りに照らされた店内に、頼人の姿を見つけたからだ。

（頼人……!?）

彼はひとりではなかった。そして向かいの席には、見覚えのある男が座っていた。

冬和だった。

（……どうして？）

愕然《がくぜん》と、水季は立ち尽くす。

（頼人は、俺に「好きだよ」って言ったよな？）

どういうことなのか、すぐには理解できなかった。

（俺、もう冬和のことは口説かなくていいから、って言ったよな？）

なのにどうして彼と二人きりで会っているのだろう。それにさっきのメールのこともある。

（……仕事で遅くなるって、書いてあったよな？）

これが仕事だろうか？　冬和と二人で会うことが？

そんなわけはなかった。

（――なんで……？）

頼人は楽しげに、一生懸命何かを冬和に話している。見たこともないような笑顔だった。それに対して、冬和もやさしい笑みを返す。

「っ……」

嘘をついてまで頼人が冬和と会っている理由は、一つしか思い浮かばなかった。――口説き続けているのか、両思いになったのか。どちらにせよ、彼が冬和のことを好きになったからだ。あんなことをした次の日にも、自分のことは放っておいて二人きりで会わずにはいられないくらいに。

「うっ……」

みっともなく立ち尽くしたまま、しゃくりあげる。涼真はどうなるのかと考える余裕もなかった。

（あんなふうに熱っぽく抱いた次の日くらい、まっすぐ帰ってきてくれたっていいだろっ）

そう思うと、やるせない憤りが頭まで突き抜けた気がした。

水季はふらふらと歩き出していた。頭がぼうっとして、周囲にどういう目で見られるかなど、意識の上にも昇らなかった。

「お客様……⁉」

ウェイターが引き留めるのも、無視というよりはよく聞こえないままで、勝手に店の中まで踏み込んでいく。

「お客様……‼」

二人のいるテーブルの傍《そば》まで来ると、気配に気づいたのか、冬和のほうばかり見つめていた頼人が、ふとこちらへ視線を向けてきた。

彼は水季を見て、目を見開いた。

「水季……っ‼」

「……いい度胸だよな」

唇から出てきた声は、我ながら地の底を這《は》うような低さだった。

「いや、これは」

水季はテーブルの上にあったワインを、叩きつけるように頼人の顔にかけた。頼人の綺麗な亜麻色《あまいろ》の髪に赤い雫が流れる。

頼人は濡れた髪を掻き上げながら、立ち上がった。

「……っきなりなんだよ、おまえは……っ！　俺の話も」

「るさい……っ‼」

手に持っていた買い出しの袋を、思いきり頼人に投げつける。

そして踵を返し、店を飛び出した。

遊歩道を闇雲《やみくも》に走る。

頼人に抱かれて、好きだとか可愛いとか囁かれて、愛されているような気持ちになっていた。「おまえの頼人より」なんてメモをもらって、彼の恋人になれたかのように自惚れかけていた。

でも、そうじゃなかったのだ。

(遊ばれたんだ)

たぶん軽い気持ちで手を出しただけで、深い意味はなかったのだ。

(ばかだ……)

頼人は最初から、容姿も中身もすばらしい男しか恋人にはしないと言っていたではないか。そして水季のことは、やるだけなら許容範囲、とも言っていた。貧弱な身体は趣味じゃない、とさえ。

(……なのに、いい気になって)

胸がひどく痛くて、視界が歪《ゆが》み、足許さえよく見えない。雨かと思ったら、涙だった。理性よりも先に、感情が結論を出したような感じだった。

（……俺、あいつのこと……）

いつの間にか、好きになっていたのだ。頼人の存在は、水季の中でかけがえのないものになっていた。

頼人の恋人になりたかったのだ。

失ってからわかる。今朝からのふわふわと舞い上がったようなあの気持ちこそ、「しあわせ」というものだったのだ。

今朝の水季は、無意識に頼人に愛してもらえたつもりになっていた。しあわせだった。

自分がしあわせだったから、ゲイの恋人たちを見ても微笑ましく思えた。

でも、違った。

（……涼真も、あの子といてあんなふうにしあわせだったのかな……）

今まで水季は、そんなことは考えたこともなかった。経験したことがなかったから、わからなかったのだ。

（それを、俺は奪おうとしたんだ）

どんなに身を引き裂かれるような思いをするか、知りもしないで。

愛情もしあわせも、軽く考えていた。その罰が当たったのかもしれない。

「水季……！」

後ろから頼人の声が聞こえたのは、そのときだった。

（追ってきてくれたんだ）

喜びとともに、遊び相手にもそこまでするのかという捻《ひね》くれた思いが湧き起こる。

「待てよっ」

「誰がっ……！」

叫び返して走り続ける。そのうちに、街のゲートが見えてきた。

街から出よう、と水季は思った。ここは自分のいるべき場所ではなかったのだ。この街はやはり、誰かに愛されて、パートナーに選ばれる価値のある男たちのための街なのだ。

疲れた脚《あし》を、それでも目一杯加速する。

けれどもゲートをくぐる直前、頼人に左手を摑まれた。

「待てって言ってるだろ……!!」

「放せよっ」

「話、聞けって……！」

息を乱しながら、頼人は言った。水季は手をもぎ放そうと暴れたが、頼人は放してはくれなかった。

「放せよっ……！　俺のこと好きみたいなふりして、騙して……っ」

口にした途端、また涙がぼろぼろとあふれた。

悔しまぎれにそう叫んだけれども、頼人のほうから見れば、騙したのでさえないのかもしれなかった。

つきあおうと言われたわけではないし、好きだとか可愛いとか、おそらく頼人にとっては誰にでも言うような言葉を、真に受けた自分が空気を読めていなかっただけなのかもしれないのだ。

（しかたないだろ……っ、恋愛なんて初めてなんだから……っ）

「騙したって、なんだよそれ」

頼人は呆れたような声で言う。それを聞いて、やっぱり、と水季は思った。

彼にとっては、騙したという意識さえないほど軽いことだったのだ。それを責めるのがどんなにみっともないことか、わかっていても止められなかった。

「騙しただろ……！　俺のこと弄《もてあそ》んで楽しかったかよっ」

「弄んだ、って人聞きの悪い」

「俺よりあの子のほうが好きなくせに……！　俺とやっておいて、俺の弟の男に手を出すなんて、好みの男ならなんでもありなのかよっ⁉」

「出してないから……！　落ち着けってば」

まだ口説いている最中なのだろうか。

「じゃあこれから出すんだろ⁉」

「出さねえよっ」

「嘘つけ、この節操なし……！　だったら初めてやった次の日くらい、一緒にいてくれたっていいだろお……！」

そんなことを言うつもりはなかったのに、口から零れ出る。自覚はなかったけれど、よっぽど寂しかったのだろうか。

「あ……それは、ごめん、でも」

頼人は眉を寄せる。その表情を見た途端、またふいにぼろぼろと涙が零れた。

「もういい……っ」

わずかに緩んでいた頼人の手を、水季は振りほどいた。そのまま駆け出し、ゲートをくぐる。

その瞬間、坂を登ってきた車のヘッドライトが目の前に迫ってきた。

「水季っ‼」

名前を呼ぶ頼人の声が聞こえたかと思うと、水季は思い切り突き飛ばされた。道路脇《わき》の茂みに転がり、同時にブレーキの音が耳を裂く。

慌てて振り向けば、道に倒れた頼人の姿があった。

「頼人……‼」

血の気が引くような思いで、水季は駆け寄った。

「頼人……！　頼人っ‼」

何度も何度も呼びかける。頼人はぐったりと目を閉じ、彼のシャツは薄赤く染まっていた。

両親のように、このまま彼が死んでしまったらどうしよう。それくらいなら、他人のものになってもいいから、生きていて欲しかった。

「頼人……っ」

頼人がうっすらと目を開けた。色素の薄い瞳がゆれて、水季を捉える。

「……無事でよかった……水季……」

「頼人……っ、なんでっ……」

こんなになってまで助けてくれたのかと思う。

「……愛してるからに決まってるだろ……バカ」

「……っ」

頼人は痛みを堪えて微笑む。その顔がぼやけて見えない。

「信じてくれる?」

「うん……うんっ……!」

何度も頷く。ぼろぼろ涙が溢れてとまらなかった。頼人の指が、ゆっくりと伸びてそれを拭う。

そしてふいに力を失った。

「頼人、頼人……っ‼」

水季は彼の名を呼び続けた。

7

「もう、おまえほんっと信じられない……っ」

それから数時間後、病室で水季は頭から湯気を立てて怒っていた。心配したぶんが、すっかり怒りに転化されていた。

「詐欺師にでもなれよ、この大嘘つき！」

「ひでぇな。いや、ほんとに痛かったんだって、実際腕、折れてたし。気を失ったわけじゃなかったけど、気力が尽きたのはほんとなんだって！」

結局、頼人の怪我《けが》は命にかかわるようなものではなかったのだ。左腕骨折と、右手首の捻挫《ねんざ》だけ。検査の結果、一応脳にも内臓にも異常はなさそうだとのことだった。水季のときもそうだったが、登り坂でスピードが落ちていたため、車の当たりは強くはなかったらしい。

当てた車に乗せてもらって街の病院へ頼人を運び、治療を終えたところだった。明日ほかにも検査をするということで、一晩は入院することになり、頼人は水季が家から持ってきたパジャマを着ている。

途中でマネージャーが来て、今後のことを打ちあわせて帰っていった。バラエティーなどの仕事は腕に包帯が巻いてあってもこなせるし、映画のクランクインまでにギプスが取れれば、スケジュールはなんとか調整できそうだということだった。

「おそろいだな」

こないだのおまえと、と手の包帯を見せて、彼は能天気に笑った。

「……。……」

それを水季はじっとりと睨《にら》んだ。本当に、どれだけ心配し、絶望したと思っているのか、この男は。

あのとき水季は、頼人が本当に死んでしまったのかと思ったのだ。

——でも息してたしさ
と、頼人は言うけれども、自分の演技力を自覚しろと思う。動転して、そんなところまで気が回らなかった。頼人が死んでしまったら、自分も死のうとさえ思っていた。

「ごめんって。な？　もう機嫌直して」

けれどもそんなふうに下手に出られると弱い。頼人は水季を助けようとしてこうなったわけだし、あの瞬間には軽傷で済む保証などどこにもなく、本当に命を失う可能性だってあったのだ。

そう思うと、謝《あやま》ってもらうよりむしろお礼を言うべきだと思うのだが、もとの性格に加え、冬和のことが引っかかって、素直になれない。

「……もういい」

と、水季は言った。それよりも、説明してほしいことはもっとある。

「それよか……なんであんなとこにいたんだよ？」

冬和と。という言葉が、口に出せない。

「ああ、それね」

頼人は小さく笑った。

「なんでそこで笑うんだよっ」

「いや、笑ってないけどさ。だって二人で食事してたってだけで、浮気とか弄ばれたとかさ。滅茶苦茶言うんだもん、おまえ」

「……っ」

笑ってないと言いながら、やはり頼人は笑っている。けれどもふと困ったような顔になって、ため息をついた。

「まあ、けど根の深い問題だよな……」

「なんだよ、それ……っ、やっぱ俺のこと」

鬱陶しいとか、手を出して後悔しているとか、そういうことなのだろうか？

「違う、違うから、それは！」

「まだ何も言ってないだろ！」

「うん。でもなんかネガティブなこと言おうとしたのはわかる」

「……」

頼人の想像は当たっていた。けれどその通りとも言えずに、水季はただじっとりと彼を睨む。

「とにかく、冬和ちゃんのことだよな？」

（冬和ちゃん？）

その引っかかりにも、頼人は気づいたようだ。

「あ、いや、あの子のタイプ的になんとなく……。深い意味とかないからな、水季ちゃん？」

「な……っ」

揶揄うように呼ばれ、ぽっと頬が熱くなる。頼人はくすくす笑っている。

（くそ……っ、失敗した）

ひとしきり笑うと、頼人は言った。

「あの子と一緒にいたのは、口説くためじゃないよ。っていうか、最初から口説いたりしてなかったんだよね……」

「はあ……!?」

「実はもともとの知りあいなんだ。仕事上の。彼、シナリオライターやってて。事情を説明して協力してもらってた」

「シナリオライター……」

 サラリーマン的な仕事をしているわけではないだろうとは思っていたけれども。水季は言葉もなかった。やたら仲よくなるのが早かったのも芝居なら、携帯番号も仕事絡みで以前から知っていた……？

「悪いな。やっぱ、敢《あ》えてしあわせな新婚家庭を壊すような真似とか、俺にはできねーわ。それにうっかり成功しちゃってもまずいじゃん。冬和ちゃんは可愛いけど、惚れてるわけじゃないんだし、騙すことになるだろ。だから頃あいを見て、失敗したふりして『この俺様にも口説けないなんて、あの二人の愛は本物だな！　認めてやれよ！』とかなんとか言って、おまえを説得しようかと――」

「……っ、この、俺を騙すのはいいのかよっ！」

「だからごめんってば！　怒ってる、よな？」

頼人は包帯にくるまれた両手をあわせるしぐさをした。そして包帯の陰から目を覗かせて、そっと窺ってくる。水季はため息をついた。

「……もういい。……おまえの言いたいこともわかるし……」

嘘をついたのにはむかつくが、頼人の行動も理解できないわけではなかった。

それに結果的には、これでよかったのだと今は思うのだ。無理に涼真のしあわせを引き裂くようなことをしなくて、本当によかった。

「でも、だったらなんであの子と会ってたんだよ？」

芝居はもう必要なかったはずだった。

「まあ、相談っていうか？」

「相談？」

「おまえたちをどうやって仲直りさせようか、っていう相談。向こうも、おまえとおまえの弟が仲違《なかたが》いすることになったのは自分のせいだ、って責任感じてたみたいでさ。おまえの弟、けっこうおまえのこと、話してたみたいだな。大好きなお兄さんだったはずなのに、って」

「涼真が……」

自分のことを話していたのだと聞いて、胸が疼いた。少なくともすっかり嫌われていたわけではないのだ。そう思うと瞼《まぶた》の裏が熱くなる。

「だから、昨日ああいうことになっておまえ滅茶苦茶落ち込んでたし、なんとか早く和解させてやりたかったんだよ。なるべく近いうちに一席設けられないか、って電話で彼に相談したら、じゃあ今夜仕事が終わったら打ちあわせしましょうってことになって。明日も明後日も都合が悪いんだって」

「え……？」

水季は呆然と目を見開いた。

「……俺の、ため？」

「そういうことになるかな。まあ本人は、騙されたとか弄ばれたとか、いろいろ言ってくれたけど？」

「っ……」

真相を聞いてみれば、たしかによくたしかめもせずに暴言を吐いてしまったと思う。

けれども嘘をついて二人きりで会うなんて、あのときは他に理由が考えられなかったのだ。冬和のほうが自分より魅力的なのはわかるし、弄ばれたという結論になるしかなかった。二人のあいだに流れる雰囲気も、誤解に拍車をかけた。

「……だって……」

「うん？」

「……っ、じゃあなんであんなに楽しそうにしてたんだよ……っ？」

今思い出してみても、水季と涼真を仲直りさせようとか、そういうことを話しあっているような雰囲気ではなかった。

「そんなに楽しそうだった？」

不本意ながら、水季は頷く。

「なんていうか、にこにこしてたし、甘いっていうか、でれでれしてたっていうか……」

「――それはのろけていらっしゃったからです」

そのときふいに、別の声が割って入ってきた。

はっと病室の入り口を見れば、最新型の吊りレール式になった引き戸がいつのまにか開き、涼真と冬和が立っていた。

「うわ、冬和ちゃん」

「涼真……」

同時に声をあげる。

「昨夜の水季さんがどんなに可愛かったか、微に入り細を穿《うが》って、それはもう一生懸命――」

「冬和ちゃん‼」

頼人が慌てて遮る。赤くなっているところを見ると、

「……ほんとなのか？」

「あー……、」

「おまえ……っ、人の」

ベッドの中での反応のあれやこれやを他人に語ったのだろうか？　そう思うと、顔が火照るあまり爆発しそうになる。

「ごめん、悪かったって！　それに微に入り細を穿ってはいない、と思う。……誓って」

思う、と、誓っては矛盾《むじゅん》しているのではないだろうか。

けれど腹が立つ反面、あんなに甘い顔で自分の話をしていたのかと思えば、怒るに怒れない

ような部分もあって困る。

（……って）

自分でもちょっとバカになっているのではないかと思うけれども。

二人して冬和に視線を向け、判定を仰ぐ。

「とても可愛いとおっしゃっていましたよ」

冬和は含み笑いを浮かべて、そう答えた。

水季よりよほど可愛い容姿をしてはいるけれども、もしかしたらこの子の中身は、けっこう一筋縄ではいかないのではないだろうか。水季は初めてそう疑った。涼真は、最初に冬和のことをなんと言っていただろうか。そう――芯が強い、とか？

「ご挨拶が遅れました。羽角冬和と申します」

冬和は水季に向かって頭を下げた。

「あ……羽角水季です。……あの節はどうも」

「知りあいだったの？」

と、頼人が聞いてくる。

「偶然、具合が悪くなってたところをたすけてもらったことがあって……」

こうして改めて顔を合わせると、やはり気になることがある。冬和は、あのとき水季のことを知っていたのかということだ。

水季の疑問を察したように、冬和は言った。

「最初は、涼真さんのお兄さんだとはわかりませんでした。倒れていて、顔も見えなかったですし……。でも写真を見せてもらったことがあったので、途中で気がつきましたけど。黙っていてすみませんでした」

「いや、それはお互い様だから……」

ということは、あの言葉は涼真の兄だとわかっていて伝えてくれた言葉だったのだ。そう思うと、更に温かく感じられてくる。

「御代田頼人です」

「……羽角涼真です」

互いに挨拶をかわすと、涼真は憮然《ぶぜん》とした顔で、これみよがしに深いため息をついた。

「まったく……、俺にはあれだけ反対しておいて、こういうことになってるとはね」

「……っ」

それを言われると、ぐうの音も出なかった。

水季が涼真の結婚に反対したのは、涼真にしあわせになってほしかったからだ。自分が男とつきあうのはまた別の話で、水季の中では矛盾していない。だがそれを言っても、さすがに通らないだろう。

冬和と別れても、涼真ならすぐに新しい相手ができると思っていた。けれども恋人というのは、そんなに簡単に代替えできるものではないのだ。別の誰かに好きになってもらえたからと言って、その相手を前の恋人と同じくらい好きになれるような、そういうものではない。

「……ごめん、涼真」

水季は頭を下げた。

「俺が間違ってたんだ」

水季の言葉に、涼真はひどく驚いたようだった。

「……どうしたんだよ？　兄さんが謝るのなんて、この十数年で初めて聞いた」

「そんなに謝ってなくねえよっ」

「いや、謝ってないよ。自分の間違いを認めたことなんて、全然なかったじゃないか……！」

そう強く言われたら、水季は反論できる根拠《こんきょ》を持たなかった。

（……くそ）

「……とにかく、今回の件は、俺が悪かったから。もう二度とおまえたちの邪魔はしない。……おまえのしあわせを考えてるつもりだったけど、変な方向に行ってたよな」

「まったくだよ。自分の男に冬和を口説かせようとするなんて、本当に兄さんは目的のためなら手段を選ばないな」

「じ……自分の男って……」

少なくとも違ったのだ、頼んだ時点では。だが言いかけるのを頼人が遮る。

「だよなあ。ひどいよな！」

「頼人……！」

怒鳴っても、頼人は笑うばかりだ。そして彼は言った。

「ほら、認めてやるんだろ？」

頼人に促され、水季は冬和に向き直る。

「……冬和さん……」

「はい」

水季は彼の手を取った。

「いろいろすみませんでした。涼真のことを、よろしくお願いします」

冬和は水季の手をぎゅっと握り返してきた。

「はい、お兄さん。涼真さんと一緒に、しあわせになります」

「お兄さん……」

呼びかけられたその言葉に、胸が震えた。

（そういえば、涼真と結婚したんだから、冬和も俺の弟ってことになるんだよな……！）

弟を守らなければとそればかりに必死で、ほかのことは何も考えていなかった。けれども、身内が結婚するということは、家族が増えるということなのだ。

涼真と引き離されるのが嫌で、親戚付き合いも絶えてひさしかった水季にとって、それはとても嬉しいことだった。

水季は冬和の手をさらに強く握った。

「……涼真さん」

冬和は涼真を振り向き、合図のようなものを送る。涼真は、手に持っていた綺麗な紙袋を、水季に差し出してきた。

「これ、冬和から。兄さんに」

「俺に……？」

「よかったら、ぜひ。ブーケのほうはもう枯れてしまいましたので、代わりに」

と、冬和は微笑する。

「ブーケ……？」

水季は冬和の手を放し、紙袋を受け取った。

同時に涼真は、水季から引き離すように冬和を後ろから抱きしめる。

「じゃあ、邪魔者は退散するよ。あとはお二人で」

「涼真……！」

あまりにもあっさりと帰っていこうとする彼らに、思わず引き留めると、涼真はちらりと振り向いた。

「どうせ兄さんは彼の家に住んでるんだろ？　明日からご近所さんじゃないか」

「あ……」

……つまり、明日からまたもとのように親しくつきあおうと、そういう意味にとってもいいのだろうか。

「お兄さん」

フォローするように、冬和が口を開いた。

「ぜひうちのほうにも遊びにいらしてくださいね」

「ああ……！　ぜひ！」

水季は反射的に答える。冬和は軽く会釈《えしゃく》して、涼真とともに出ていった。

頼人と二人きりで病室に残される。

閉まった扉を、水季はしばらくのあいだ見つめていた。涼真と和解できて、新しい家族までできて……まだ信じられないような思いだった。

「あ……こ、これ何かな」

ふと我に返り、手にした紙袋へ視線を落とす。中に見える白い布を取り出してみる。そして呆然と呟いた。

「……ヴェールだ……」

透け感のあるしなやかな布地に、美しいレースの飾りや縁取りが施《ほどこ》されている。

結婚式で、花嫁が纏うウェディングヴェールだろうか。

（もしかして、涼真との式で使ったものとか？）

大切なものだろうに、これを自分にくれたのには、どういう意味が含まれているのだろう。

（さっきブーケの代わりとか言ってたけど……？）

「へえ……」

綺麗だな、と頼人が右手を伸ばしてくる。手渡すと、それを眺めながら、ふいに彼は言った。

「俺たち、これからも一緒に暮らすんだ？」

「……えっ、……」

水季は顔を上げる。

涼真は、そう思っていたようだった。否定もせず、そのまま帰してしまったけれども。一緒に住めたら嬉しい。頼人との生活は、水季にとってひどく楽しいものだった。アパートに帰っても涼真もいない。ひとりきりだ。このまま頼人と一緒に暮らせたら、と思わずにはいられない。

（でも、……頼人は？）

最初から、今週末までという約束だったのだ。

涼真の件も片づいたし、もう、水季には一緒に暮らす権利はないのではないだろうか。

頼人は、今までひとりで自由に暮らしてきたと言っていた。その中には、それなりに遊んできたことも含まれているだろう。干渉《かんしょう》されるのが嫌いだとも言っていた。

そもそも、頼人はどういうつもりで今のセリフを口にしたんだろう。

顔色を窺えば、わずかに眉を寄せ、困惑したような表情をしている。

(そんなのごめんだとか、冗談じゃないとか……？　もしそう思われてたら)

それに頼人は有名人でもある。マネージャーがいい顔をしていなかったように、やはり世間的にまずいのではないか。

「たしか……ほんとなら期限は明日までだっけ」

その言葉に、押し潰《つぶ》されたように胸が痛んだ。やっぱり、と思わずにはいられなかった。

「お……おまえが嫌なら、……っ」

水季はそう口にするしかない。

「俺がずっと居座ったら、おまえにも都合があるだろうし……」

一緒に暮らさなくても、交際を続けることはできる。鬱陶しく思われて振られるより、たまに会ったりできる仲でいるほうがいい。

そう思おうとし、自分を抑《おさ》えて口にすれば、頼人は言った。

「いや……俺じゃなくておまえの話で」

「どっ、どうせ俺なんか……っ」

——俺の好みは顔も中身もいい子だって言っただろ。別にもてないわけじゃなし、そんな貧弱な身体、わざわざ取引してまで抱く必要ねーんだよそう言われたときの痛みが蘇ってくる。

あの時点で自分の気持ちを自覚していたわけではないが、心の底ではもう彼に惹かれていたのだと思う。でなければ、取引とはいえ抱かれる気になったりはしなかった。

初めて好きになって、身体でふれあおうとした相手に言われた言葉に、おそらく無自覚にひどく傷ついていたのだ。

「貧弱だし。性格悪いし、見た目だってそれほどいいわけじゃないし、手近にいたから手出しただけなんだろ……っ」

「……ああ、そんなこと言ったこともあったっけ」

頼人は、包帯だらけの手で額を押さえた。そして深く吐息をつく。

「あったっけ、じゃないだろ……！　し……しかも途中で……っ」

放り出したのだ。それ以上はどうしても口に出せなかった。

「いや、あれはさ……」

なんだよ、と水季は視線だけを上げる。

「……あれは、おまえが泣いてたからだよ」

「……泣いてた……？」

水季には覚えのないことだった。自覚がなかった。

「……まだ気持ちいいことしかしてなかったのに、泣きじゃくってただろ。……まあおまえゲイってわけじゃないんだし、ちゃんと口説いてOKもらったわけでもないし……そんなに嫌なら、最後までしたら可哀想かなって思っちゃったんだよなあ」

頼人がそんなことを考えていたなんて、想像もしなかった。じゃああのとき頼人が途中でやめたのは、水季に興味をなくしたからではなくて、思いやってくれたから、だったのだろうか。

「……別に、……するのが嫌だったわけじゃ……」

水季は呟いた。

「じゃあ、どうして？」

「どうしてって……だって、なんかおまえ」

泣いていたとしたら、それは頼人にふれられる嫌悪感からではない。

「……意地が悪かったからだよ……っ」

嬲《なぶ》るようなやりかたが嫌だったからだ。愛情とはいわないまでも、本当に玩具のように扱われるのは、やっぱり辛かった。そしてまた、そんなふうに扱われながらも水季は快感を覚えずにはいられなかった。初めて他人の手であたえられる度を超した快楽は、ひどく怖かったのだ。

思い出すと、またじわじわと頬が火照る。それをどう取ったのか、頼人は聞いてきた。

「……つまり気持ちよかったからってこと？」

「ばっ、ばか……！」

水季は真っ赤になって声を荒げる。

「え、ほんとにそっちの理由……!?」

頼人はひどく驚いたようだった。残念そうに続ける。

「だったら、あのままいただいちゃっとくんだったかなあ」

「もう、おまえ黙れよっ」

腹立ちまぎれに頼人の腹をばしばしと叩く。それも正解かもしれないけれども、決してそれだけじゃなかったのに。

ごめん、と頼人は言った。

「なんか途中から歯止めが利かなくなってて」

「歯止め……?」

「おまえが滅茶滅茶えろい顔するから、つい苛めたくなってブレーキ壊れそうになってた。……泣き顔見て我に返った」

水季は呆気に取られて言葉もなかった。そういう理由で意地悪く責められていたなんて、考えもしなかった。

「ひどかったよな、ごめんな?」

「……もういいけど」

憮然としたふりで、水季は答える。たしかにひどかったけれど、頼人も欲情してくれてああなっていたのなら、いい。それにもうやり直してもらったから。

「……それから、いろいろ嫌なこと言ったのも悪かったよ。あのときは俺も動転してたっていうか、何しろ獲物を途中で逃がしてやるのなんて初めてだったからさ。ああでも言わないと格好つかない気がしてたんだ」

「……おまえ、……」

どれだけ食い散らかしてきたんだよ、と水季は思った。最低だと思いながらも、項垂《うなだ》れた頼人を見れば、責める気持ちも失せた。

「ほんとは全然あんなこと思ってないからな。……っていうか、ほんとはちょっとだけ思ってるけどさ。性格に難ありってのはさ」

「なっ」

水季は反射的に食ってかかろうとする。だが頼人のほうが早かった。

「だけど、それでも俺はおまえが好きなんだよ」

その言葉は、水季の胸の奥を強く揺らした。

「……っ」

座って、と促され、水季はベッドの脇の椅子に再び腰を下ろす。頼人は包帯を巻いた両手で水季の手を包みながら、見つめてきた。

「おまえが、遊び相手にできるようなタマじゃないってことはわかるよ。恋人にしたら重いのもわかってる。弟にかける愛情見てたら、恋人になったらどんなになるのかと、ちょっとぞっとする。そのくせなかなか信じてくれないし、正直、おまえと恋愛すんのは大変だろうと思う」

水季は剝《む》れずにはいられなかった。

（そりゃ……否定できないかもしれないけど……っ）

冬和とのことを誤解してワインをかけたのは、まだほんの数時間前の話だ。今後頼人とつきあって、彼が浮気するようなことがあったとしたら、ゆるせないだろうと思う。衝動的に何をしてしまうか、自分でもわからない。

水季が口を開きかけるのを遮るように、頼人は言った。

「でも、そういうとこも全部覚悟して、可愛いと思えるくらい、おまえが好きだよ」

「頼人……」

彼がそんなふうに言ってくれるとは思わなかった。そういう人が自分に現れるなどと、考えたことさえなかったのだ。

「愛してる」

頼人は水季の唇にキスしてくる。それが軽くふれて離れる。息ができないほど胸が痛い。

「お……俺も、……愛してる」

こんな言葉を、言われたのも初めてなら、声にしたのも勿論初めてだった。心臓は破裂しそうなほどばくばくと音を立てる。

水季は縋《すが》るように頼人の首に腕を回し、ぎゅっと抱きついた。

「……さっき、たすけてくれて、ありがと……」

轢《ひ》かれそうになって彼に救われたことの感謝を、ようやく口にすることができた。

「その手が治るまで、俺、どんな世話でもするから。……だから……、だからこのまま、あの家に……」

いてはだめか、と口に出すことができずに、水季は躊躇う。その背中を、頼人はぽんぽんと軽く叩いた。

「おまえがよければね」

「え……？」

いいに決まっている。何故自分が嫌がるかもしれないと思われているのか、わからなかった。首を傾げる水季に、頼人は言った。

「ここに住めば、おまえもカミングアウトしたも同じになるよ」

「あ……」

言われるまで、すっかり忘れていた。ただつきあうのと、ここに住居を移すのは、ちょっと違う。有名な街だから、住所を教えただけで、わかる人にはわかってしまう。

——いや……俺じゃなくておまえの話で
先刻、頼人がそう言っていたのは、こういう意味だったのか。水季を遠ざけようとしたわけ

ではなくて？

そのことに気づくと、彼を疑ったのが少し申し訳なくなる。

「そ……それはおまえこそ……っ、芸能人のくせに、いいのかよ？　俺みたいな普通の、男と……っ」

「なんなら記者会見しよっか？」

「じょ冗談っ……！」

軽く笑う頼人を、水季は慌てて止めたけれども。

（……でも、他人にどう思われたって……）

そんなことは、もうどうでもよかった。

――しあわせってのは主観だから
という言葉の意味が、今の水季にはよくわかるのだ。

いくらしあわせそうに見えたり、世間から羨まれたりしたって、自分がしあわせじゃなかったら意味がない。逆に後ろ指をさされても、悪いことをしているわけではないのなら、胸を張っていればいい。考えてみれば、兄弟だけで苦労した涼真との生活も、辛いことはたくさんあったけど、いいことだってたくさんあった。決して不幸なものではなかった。

誰にどう思われたっていい。頼人と一緒にいたかった。

「いいよ。おまえと一緒にいられれば、それでいい」

水季がそう答えると、頼人は手にしていたヴェールをふわりと頭に被せてきた。唇が重なってくる。水季は頼人の首に腕を回し、ぎゅっと抱きしめた。

何度もキスを繰り返すうちに、腰のあたりがぞくぞくして止まらなくなってくる。

「ちょ……これ以上は……」

唇から垂れてくる涎《よだれ》を拭いながら、水季は言った。こんなところで、身体を疼かせるわけにはいかない。……もう遅いような気もするが、これ以上は。

「何、これ以上のことって」

頼人は揶揄うように聞いてくる。何を答えさせようとしているのかと思う。

（この好き者め……）

そういえば最初のときも、ずいぶんいろいろと恥ずかしいことを言わされたものだった。

「こういうことしたらだめってこと？」

首筋を吸いながら、包帯から出た右の指の先は、シャツの上から水季の乳首へ伸ばされる。

「痛くないのかよっ、あっ——」

「これくらいならね」

えろいことをするためなら気にならないのだろうか。会話するあいだも頼人の指先はずっと水季の尖った粒を転がしていた。

「下、勃ってるな。さわってやりたいけど、この手じゃな」

「だから、するなって言ったのに……っ」

水季は涙目になる。

「舐めてあげるから、自分で出して」

「そんな……っ」

「それとも帰ってから、自分で慰める？　てゅーか帰れるかな、これで」

突っ張ったズボンの中心へ、頼人は視線を落とした。

（くそ……っ）

頼人の言うとおりだった。このまま帰るのは辛い。かといって、病院のトイレなどでひとりで処理するのも……。

「ここでやってみせてくれてもいいけど」

「阿呆かっ」

できるわけがないだろう、と怒鳴っても、

「そうだな。そんなことされたら、俺も困るかも」

勃っちゃって、などと頼人は笑っている。

「……ばか」

しかたなく、水季は椅子から立ち上がった。ズボンの前を開け、膝までずり下げれば、勃ち上がったもののかたちが下着にはっきりと見てとれた。頼人の視線を痛いほど意識して、鼓動が激しくなる。

「それ……穿いてくれたんだ？」

頼人が前にふざけてプレゼントしてくれたボクサーパンツだった。今日の昼間、シャワーを浴びたあと、なんとなく彼に繋がるものを身につけたくて穿いてしまったのだ。

「……っ……わ……悪いかよっ……」

「嬉しいよ。やっぱよく似合ってるな。かたちがくっきり浮かび上がっていやらしい。前のブリーフも、ださかったけどそこだけはよかったから生かしたかったんだよな」

「もう……おまえ、黙れって」

赤くなって軽く髪を引っ張ると、頼人は笑った。

水季を手招き、指先で下着を捲る。飛び出してくるそれを、明るい蛍光灯の下でじかに見られるのが、ひどく恥ずかしい。

唇をつけようとする頼人に、水季は言った。

「俺ばっかじゃ……おまえも」

「舐めてくれるの？」

頼人は驚いた顔をする。水季は頷いた。

「……上手くできないかもしれないけど……」

先に奉仕しようと布団をめくり、パジャマのズボンを引き下ろして咥えようとすれば、

「ベッドに上がったほうがやりやすいだろ」

と、頼人は言った。

「ほら、角度とかね」

「そうかな……？」

初心者としては、そう言われるとそうかもしれないと思う。言われるまま、水季はベッドへ上がった。

「ちがう。脚はこっちね」

「ええ？　でも」

「喉に当たる角度とか」

と、言われると。テクニックにまったく自信がないだけに、少しでも愉《たの》しんでもらえるように、従わずにはいられないけれども。

「ちょ、この格好……っ」

俗に言う、シックスナインの姿勢だった。物凄い恥ずかしさに、水季は死にそうな気持ちだった。しかも半端に引っかかったままだった下着を、尻のほうから頼人が剝いてしまう。

「ば、脱がすな……っ」

「何、おまえこの格好しただけで濡れちゃうんだ？　やっぱちょっとMっ気あるよな」

「なっ……う、嘘だっ……」

「ほんとだって」

先端ににじんだ雫をぬるぬると塗りひろげられ、水季は真っ赤になる。抗議の意味を込めてつい腰を振ると、

「もっとやって」

と、頼人は却《かえ》って喜んでいる。

「ばか……っ」

こんなところで、いつまでもいやらしいことをしているわけにはいかない。早く終わらせなきゃ、と思いながら、頼人の下着を捲る。そして目に飛び込んできた勃ちかけのものに、水季は動揺した。これが入ったなんて、信じられない大きさだったからだ。

（で……でも、一度は入ったんだよな……？）

早鐘を打つ心臓を宥めながら、水季はそれを頬張った。

「んぐ……っ」

呻きが漏れてしまう。全部はとても無理で、それでも目一杯深く咥えようとする。まるで喉の奥を犯されているかのようだった。苦しいのに、不思議とぞくぞくする。

頼人は水季の後ろへ指でふれ、押し広げてきた。

「や……ちょっ……」

「一緒に気持ちよくなったほうがいいだろ？」

恥ずかしさに、逃れようとするより早く、やわらかくぬめるものが後孔に押し当てられる。

「っ――？」

「指で慣らせないかわりに舐めてあげる」

こともなげに頼人は言った。後ろにふれているのは、頼人の舌だったのだ。

「んんっ――」

嫌だ、という意味を込めて腰を振れば、おとなしくしてと窘められる。

「濡らさないと入らないだろ？」

舐めるだけじゃなくて、頼人は最後までするつもりなのだろうか？

「こ……こんなとこで、するなんて……っ」

「いいじゃんか。せっかく気持ちが通じあったんだから」

静かにやれば大丈夫、と言われてしまえば弱い。

「うう……」

それからは恥ずかしさを堪えるのと、溶けるような快感を受け止めるだけでいっぱいいっぱいになってしまった。頼人を愛撫するのもほとんど無理になって、唇から出さないように留めておくだけで精一杯だった。

「ん、んぅ、んんっ、ふぅ……っ」

頼人の舌が窄まりの襞をほぐし、何度も入り込んでくる。後孔の中で感じる悦楽を覚えたばかりの身体は、深いところが疼いてしかたがない。何も嵌めてもらっていないにもかかわらず、無駄に引き絞っているのが自分でもわかってしまう。

「んんっ、んんっ――」

「そろそろいいかな……？」

上になれる？　と頼人は問いかけてきた。

自信はないけれども、頼人に無理をさせないためにはそれしかない。水季は頷いた。

身体の向きを変え、頼人の腰に跨《またが》る。彼のものを握り、ぱくぱくと口を開ける後孔へ受け入れようとしたけれども、なかなか上手くいかなかった。

「力抜いて、ちゃんと息して？」

頼人が半身起こして、膝に抱えるようにして手伝ってくれる。

「あ、あ……っ」

（……入る……っ）

蕩《とろ》けているとはいえ、前にしたときよりぬめりが少ないぶん、きつい。それでも少しは身体が覚えたのか、我慢できないほど痛くはなかった。隘路《あいろ》を浸食《しんしょく》される感覚に、むしろぴったりと一つになれた気がした。

「……大丈夫？」

「んっ……」

ようやくすっかり受け入れてしまうと、頼人が腰を揺すり上げてくる。傷つけないよう、ゆっくりと動いてくれるのが却って生々しい。水季はいつのまにか自分でも腰を振っていた。

「声、が、……はっ……」

スライドドアは、しっかり閉まっていてさえ防音性は低い。水季は声を殺そうとして、つい頼人の肩を噛んでしまった。赤く跡が残り、はっとする。仕事に差し支えるのではないかと。

（あ……でもさっき、マネージャーさんとの打ちあわせで……）

たしか当分、肌を晒《さら》すような撮影はないはずだ。

安心すると、自分が残した跡が愛おしくなって、血が出ない程度に何度も噛んだ。

「……水季」

頼人が仕返しのように耳に囁いてくる。

「ドア、鍵かけたっけ」

「え……？」

朦朧とした中で、水季は思い出そうとした。けれども涼真たちが出ていったあと、かけた覚えはない。

「あっ……」

まずい、鍵をかけないと、と思う。なのに身体の中には頼人のものが深く嵌まっていて、動くことができない。

「どうする？　あのドアが開いて、誰かに見られたら。水季ちゃんが自分から裸になって、俺の上にのっかってるのも、おっきいのが一番奥まで嵌まってるのも、全部見られちゃったら」

「んなの、だめ、あっ、あっ……！」

「だめなの？」

だめに決まっているのに、気持ちいいのはおさまらない。水季が自分で自分を抑えられなくなっているのは、頼人にもばれてしまっている。

「でも、水季のお尻、すっごい締めつけてきてるよ。見られるかもって思ったら興奮する？」

「ちが……っ」

水季は首を振った。けれども締めないようにしようと思うのに、上手くいかない。むしろ肉筒は更に頼人をきゅうきゅうと絞りはじめている気がする。

（見られたら……頼人の太いのが入ってるとこ）

「むしろ見せつけてやりたい？」

「……んなわけ、な……っ」

いくら首を振っても、身体は裏腹だった。

「俺はちょっと見せつけてやりたいけどなあ。可愛い恋人と愛しあってるところ」

「あ……」

頼人が揺すり上げてくる。続けて何度も抜き差しされ、揺らされる。水季は頼人の首に抱きついて、自分でもあわせるように動いてしまう。

「んっ、んんっ、んっ、あ……っ」

性器を頼人の腹に擦りつける。同時に気持ちいいところを突かれて、ぽろっと涙が零れた。

「わ、大丈夫？」

「なわけないだろ……っ、き、気持ちよくて、わけわかんな……っ」

一度溢れたら止まらなくて、水季はぽろぽろと泣きじゃくる。

「なか、凄い……っ」

「俺も気持ちいい。搾《しぼ》り取るみたいにやらしく締めつけてくるから、もうもたないかも」

突き上げるペースが速くなる。

「あっ、あっ、あっ――」

「中に出したい」

だめ、という言葉が出てこない。かわりに水季の身体はきゅうきゅうと頼人を搾り上げる。

「っ」

中に射精されたのを感じた瞬間、水季もそれを受け止めて、昇りつめていた。

＊

「お疲れさま」

頼人はそう言って、バスルームから出てきた水季にかき氷を出してやった。そして大喜びでぱくつくその横顔を、楽しく眺める。

頼人が退院して少しすると、水季はアパートを引き払い、頼人の家へと本格的に引っ越してきた。

会社へは、車で通うことになった。ほとんどペーパードライバーだったようだが、免許は持っていたらしい。そのための小さな車も買って、既にガレージに納まっている。好きな車を買ってやろうか、と頼人は言ったのだが、水季は決して受け取ろうとしなかった。

（ま、らしいけど）

同時に涼真も、アパートに残してきたものを新居へ移すことになり、引っ越しは共同で行われた。

日曜日の朝からはじめて、昼過ぎには荷物を運び込むところまでは終えることができた。

「それ食べたら昼ご飯だからね」

狭いアパートに、引っ越し屋と大人四人がひしめきあうのはかえって邪魔だろうということと、頼人はまだ怪我が治っていないこともあって、旧居での作業は水季と涼真に任せてあった。そのあいだに、頼人は家で昼食をつくって待っていた。水季と前日のうちに下ごしらえはしてあったので、右手だけでもなんとかなった。

（これからは、一緒に暮らすんだよな）

頼人はひとりの気ままな暮らしが好きで、これまで誰とつきあっても、同棲しようなどとは考えたこともなかった。なのに、自分でもよくそこまで深入りする気になったものだと思う。

（これが運命ってやつなのかな）

「？」

視線を感じたのか、水季がふと顔を上げた。

「なんだよ、おまえも食いたいのか？」

そういうわけではなかったけれども、遊び心であーん、と口を開けてみせる。

「な……何恥ずかしいことやってんだよっ」

この程度で、かっと頬を染めて照れる水季が、新鮮で可愛い。

「いいじゃん。誰も見てるわけじゃなし。あ、見られてるほうがいいんだっけ、水季ちゃんは」

「そっ、そんなわけないだろ……！」

病院でしたときのことを暗に持ち出せば、水季はますます赤くなった。

頼人も本当はあそこまでする気はなかったのだ。でも、水季があまりに可愛い反応をするから、つい止まらなくなって。

思い出すと、口許がだらしなく緩んでしまう。

「まったくもう、いつまでもしょーがないなっ」

と言いながら、水季は少し嬉しそうにスプーンを差し出してくる。

事故からしばらくのあいだは、水季に手ずから食べさせてもらっていたのだった。

——夜はいろいろできるくせに、なんで自分で食べられないんだよっ

などと散々悪態をつきながら、それでもどこかいそいそと、水季は世話を焼いてくれたものだった。食事だけでなく、一緒に風呂に入って背中を流してくれたり、上に乗ってくれたり、至れり尽くせりだ。愛は重いが、それ以上に可愛かった。

頼人はぱくりとスプーンを咥える。

玄関のベルが鳴り響き、ふいに騒がしくなったのは、そのときだった。

「兄さん！　招《よ》ばれに来たよ！」

おじゃまします、と涼真の声が聞こえる。どたばたという騒ぎは、あっという間にリビング

へ近づいてきた。

けれども玄関ホールからリビングへ入ろうとしたところで、彼は固まる。

「だからちゃんと玄関で待ちましょうと言ったのに……」

冬和が後ろでため息をついていた。

「……昼間から何やってるんだよ……」

呆れ顔で涼真は言った。

「こっ、これは別に、こいつが手、使えないから……っ」

「羨ましかったら、冬和ちゃんにやってもらえば？」

悪びれもせずに言ってやれば、反射的に二人が目を見交わすのが微笑ましい。

「あっちにご飯、できてるよ」

引っ越しが終わったら、四人でランチにしようという約束だったのだ。作業のあと、軽くシャワーを浴びて落ち着いたら、涼真と冬和が頼人たちの家に来ることになっていた。

頼人は立ち上がり、ダイニングへ誘導する。

食事はさっぱりした冷しゃぶサラダからはじまって、引っ越しで消耗《しょうもう》した体力を補うための、こってりステーキで終わる。

「御代田さんのお料理、とっても美味しいです」

と、当然ながら料理の評判もよかった。

「冬和ちゃん、水季はお兄さんで、俺は御代田さんなの？」

と問えば、

「ご結婚されているわけではありませんので」

微笑とともに、そう返ってくる。暗に、式を挙げろと言っているのだろうか。だったら、それでまた世間を騒がせるのも面白いかもしれない。

食事が終わると、後片づけは冬和が申し出た。

「つくるほうは御代田さんにお任せしてしまいましたから、せめて」

もともと彼は、準備のほうも手伝いを申し出てくれていたのだ。それを遠慮したのは、また水季が妬くといけないと思ったからだった。もう誤解されることはないにしても、当分のあいだはよけいな心配をさせないに越したことはない。

「あ、俺、手伝う」

と言ったのは、水季だ。結婚を認めてからというもの、冬和のことをすっかり気に入ってしまったらしい。

「じゃあ、俺たちはあっち行ってようか？」

頼人は涼真を促し、リビングへと移動した。

キッチンからは、楽しげな話し声が漏れ聞こえてくる。対してこちらでは、なんとなく微妙な空気だった。

実際には口説いていないとはいえ、頼人は冬和と何度か二人で会っているし、兄の恋人という意味でも、涼真には複雑らしい。

「……左もほとんど治ってるんでしょう？」

涼真は頼人の包帯に視線を落とした。

「そう見える？」

「見えます」

頼人は笑った。

「弟が兄離れして寂しそうだからさ。かわりにちょっと発散させてやろうと思って。あいつ、けっこう世話好きっていうか、かまい好きってとこあるから」

涼真は胡散臭《うさんくさ》いものを見る目で頼人を見る。本当のことを答えたつもりなのに。

「でもそろそろしっかり鳴かせてやりたくなったし、潮時《しおどき》かな」

涼真はため息をついた。

「人の兄に、あんまり無体なことをしないで欲しい」

一応、水季のことを心配してはいるらしい。

（よかったな、水季）

頼人は心の中でこっそりと思った。だが、表情に出ていたようで、頼人を見る涼真の目は、ますます白くなる。

「別にやらしいことなんて考えてなかったからな、今は……！」

頼人は慌てて言い訳する。

「ただ、さ。よかったな、と思って」

「何が」

「……間違ってたとは俺も思うけどね。あれでも水季は大事な弟のためだと思ってやったんだ、ってこと、ちゃんと伝わってるみたいで」

「……わかってますよ。兄さんはいつもそうなんだ」

と、涼真は答えた。

「俺のためばっかり考えて、自分のことは棚上《たなあ》げになる。……まるでどうでもいいみたいに」

ああ、涼真には本当にわかってるんだ、と頼人は思った。

涼真がこの若さで男と結婚などという極端な行動に出たのも、もしかしたらそういう水季との関係を、強制的に変えたかったためでもあったのかもしれない。

「……兄さんは俺と一緒にいるとだめなんだ。お互い、もっと外へ向かなきゃ。――まさか、男とくっつくとは思わなかったけど」

頼人は笑った。

「兄さんは俺には甘えられないんです。いつも守ろうとしてしまう。いくらもう守らなくていいんだって言ったってだめで。……本当はそんなに強い人じゃないのに、無理して」

「うん」

「……でも、あなたには甘えてるみたいだ」

と、涼真は言った。

「雰囲気がやわらかくなったし、よく笑うし、正直びっくりした。兄さんのああいう表情、何年ぶりに見たかな」

窓の外を見やれば、もともと食洗機に入れるだけの洗い物はすぐに終わったらしい。お茶の用意をはじめた水季と冬和の姿が、テラスにあった。

「……大事にしてやってくれますか」

「ああ」

「あなたには何人もいた恋人のひとりかもしれないけど、兄さんにとってはそうじゃない。言っておくけど、浮気とかしたら大変な目に遭いますよ」

「わかってる。身をもって」

冬和とのことを誤解され、ワインをかけられたのは記憶に新しいところだ。

「俺もゆるさないですし」

「へえ？」

その言葉に、頼人は軽く眉をあげた。

（水季、よかったじゃん、本当に）

そして微笑する。

「あいつも、もっと信じてくれればいいんだけどねえ」

「それは自業自得じゃないですか？」

「ま、否定はできないかな」

とは言うものの、頼人がもともと手の早い男であったがゆえの信用のなさも問題ではあるのだが、それ以上に根の深い問題が、ここにはあるのだ。

水季自身が、自分が愛される価値のある存在であることを信じられずにいることだ。

生まれつきの内向きな性質のせいでもあるのかもしれない。けれどもそれ以上にその諦念《ていねん》は、本人でさえ記憶も朧《おぼろ》な実母の仕打ちや、養父母が亡くなってからの厳しい世間の視線によって刷り込まれたものなのだと思う。

（それでいて——いや、だからか）

水季は情が深くて重い。弟に対してああなら、初めて恋をした相手で、最初の恋人で、最初の男でもある頼人に対してはどうなるのか——考えただけで薄ら寒くなるほどだった。

（だけどいつまでも弟の次ってのは、もっと嫌だし）

その怖さを受け止める覚悟を決めるしかない。

まったく、今までの頼人なら、決して選ばなかったタイプだ。正直、えらいのを引き受けたな、と思わないこともないけれども。

（でもそういうのも可愛いんだからしょーがないっていうか）

いや……可愛いというより、そういう部分で負けているような気がするからこそ、はまっているのだろうか。

（まあ、あいつのおかげで俺にもちょっとわかってきたような気もするんだけど）

誤解にしろ理解にしろ、逃げた相手を追いかけたのは、あの日が生まれて初めてだったのだ。

しかもワインまでかけられたのに、あんなにも必死で走って。

「頼人、涼真……！」

テラスの扉が開き、水季が顔を覗かせる。

「お茶が入ったぜ」

「今いく……！」

頼人は答えて、立ち上がった。

あとがき

こんにちは。Ｂ－ＰＲＩＮＣＥ文庫さんでは初めまして。鈴木あみです。お手にとってくださって、ありがとうございました。

郊外に、ゲイのための高級ニュータウンができた！　というお話です。住んでいるのは主にセレブなゲイばかり。この街では男同士のカップルが、普通につきあったり結婚したりして、いちゃいちゃと暮らしているのです。腐女子として個人的に夢のようです（笑）……というのはともかく、とある事情で、セレブでもゲイでもない受の水季は、そんな街に戸惑ったりどん引きしたりしながら、セレブでゲイの芸能人、攻の頼人と暮らすことになるのですが……。

楽しんでいただけましたら嬉しいです。

イラストの香林セージさま。以前から素敵な絵だなあと思っておりました。今回、描いていただけて、とても嬉しいです。ありがとうございました。表紙のラフも見せていただきましたが、華やかな雰囲気で、本になるのが凄く楽しみです。

担当Ｋさんには、本当に本当にお世話になりました。みっちり面倒見ていただき、ありがとうございました。これに懲りずに、これからもどうぞよろしくお願いいたします。

読んでくださった皆様には最大級の感謝を。またどこかでお会いできますように。

鈴木あみ

初出一覧

男の結婚　　/書き下ろし

B♥PRINCE
http://b-prince.com

B-PRINCE文庫をお買い上げいただきありがとうございます。
先生へのファンレターはこちらにお送りください。

〒162-0825
東京都新宿区神楽坂6-46　ローベル神楽坂ビル
リブレ出版(株)

男《おとこ》の結婚《けっこん》

発行　2012年6月7日　初版発行

著者　鈴木あみ

発行者　高野 潔
出版企画・編集　リブレ出版株式会社
発行所　株式会社アスキー・メディアワークス
〒102-8584　東京都千代田区富士見1-8-19
☎03-5216-8377（編集）
発売元　株式会社角川グループパブリッシング
〒102-8177　東京都千代田区富士見2-13-3
☎03-3238-8605（営業）
印刷·製本　旭印刷株式会社

小社ホームページ　http://asciimw.jp/

Printed in Japan
ISBN978-4-04-886578-4 C0193